그럴지라도

그럴지라도

초판 1쇄 인쇄 2011년 07월 12일
초판 1쇄 발행 2011년 07월 19일

지은이 | 김승길
펴낸이 | 손형국
펴낸곳 | (주)에세이퍼블리싱
출판등록 | 2004. 12. 1(제315-2008-022호)
주소 | 서울특별시 강서구 방화3동 316-3번지 한국계량계측협동조합회관 102호
홈페이지 | www.book.co.kr
전화번호 | (02)3159-9638~40
팩스 | (02)3159-9637

ISBN 978-89-6023-634-9 03810

그럴지라도

김승길 지음

에세이 작가 총서 384

ESSAY

짧은 생각들을 한 줌 한 줌 모아서 햇볕에 잘 말려놨습니다.

'그럴지라도' 당신의 마음속에 들어가서 더 큰 행복나무로 자랄 거라 믿습니다. 생각죽정이도 많이 들어있을 겁니다, '그럴지라도'를 읽으며 잘 키워 행복나무를 만들기를 간절히 바랍니다.

현재 불행한 이는 참 많습니다, '그럴지라도' 살다보면 반드시 행복해질 수 있습니다.

지금도 삶의 고통에 시달리는 이도 많습니다, '그럴지라도' 희망을 잃지 말아야겠습니다.

나는 절망과 고통을 많이 겪으며 살았습니다, '그럴지라도' 조금은 나은 삶이 되었습니다.

현실이 절망일 수 있습니다, '그럴지라도' 열심히 살다보면 분명히 행복으로 바뀌는 게 삶의 이치입니다.

암담한 현실의 삶에 갇혀 있을지라도 좋은 상상, 아름다운 생각을 심는다면 반드시 행복나무가 무럭무럭 자라 행복열매가 많이많이 열릴 겁니다.

‘그럴지라도'를 몇 번만 더 생각해 보라고 권하고 싶습니다.

차 례

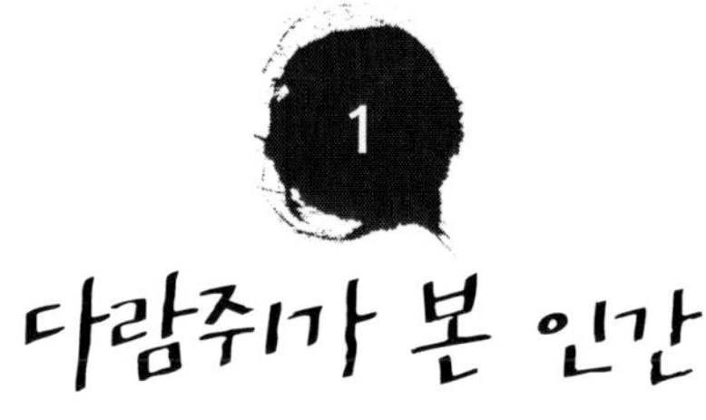

다람쥐가 본 인간

"할아버지, 그게 무슨 말씀이세요?"

"너, 지금부터 내가 하는 이야기 귀담아 들어라. 그렇게 주의를 주고 또 일렀는데 지난번에 네가 하는 짓을 보고 간이 콩알만 해졌다. 먹이를 준다고 손바닥으로 뎅궁 올라가면 어쩌자는 거냐."

"할아버진 아직 땅콩을 못 잡숴보셔서 그러지, 그게 얼마나 맛있는지 알고 그러세요?"

"이 녀석!"

"아이쿠! 할아버진 왜 꿀밤을 주고 그러세요?"

"아무리 먹을 것을 준다고 인간이 얼마나 간악하고 교활한지를 네가 몰라서 그런다. 이 할아비는 경험이 많은데 세상에서 인간처럼 악독한 존재는 없단다. 너도 생각해 봐라. 다람쥐나 새들이 자기 가족을 죽이는 것 봤니? 인간은 제 식구도 보험인가 뭔가를 들어놓고 불태워 죽이고, 같이 사는 부부도 남을 시켜서 살해한단다. 가족뿐 아니라 동료도 서슴없이 찔러 죽이고, 불태워 죽이고도 눈썹 하나 까딱하지 않는단다. 지구상에서 가장 악랄하고 양심도 없는 동물이 인간이란 걸 명심해야 한다!”

“네, 알았어요, 할아버지. 근데 인간이 손바닥에 얹어주는 땅콩은 정말 맛있어요. 그렇지만 저도 인간이 나쁘단 건 조금은 알기 때문에 경계를 한다고요. 인간의 손바닥에 얹은 땅콩을 먹으러 갈 때는 온갖 신경을 곤두세우기 때문에 절대로 해치지 못할 거예요. 바보 같은 인간이 내가 제 친구나 되는 것처럼 자랑을 하고 야단이데요. 저는요, 느림보 인간에겐 절대로 잡히지 않으니까 안심하세요. 할아버지, 인간은 참 웃기데요. 언제 우리가 이름 지어달랬나. 땅콩만 가져오면 다순아! 다돌아! 하고 불러대요. 내 여자 친구는 다순이고, 나는 다돌이래요. 되게 웃기는 게 인간인가 봐요, 할아버지.”

늙은 할아버지 다람쥐는 손자 다람쥐에게 인간에 대한 교육을 시키고 있었다.

‘세상에 이런 일이!’ 라는 프로그램에서 다람쥐에게 땅콩을 먹이면서 다람쥐와 친구가 되었다고 좋아하는 사람이 있었다. 텔레비전에 출연한 이후로 다람쥐는 더 영악하게 재빠르고 눈빛이 더 반짝였다. 다돌이는 정말 그 산에 사는 다람쥐들 중에서 제일 빠르게 달리고 눈치 빠른 다람쥐로 성장해갔다. 인간이 그렇게 만들었던 것이다.

다람쥐를 손바닥에 올려서 텔레비전에 출연한 인간은 더욱 신이 났다. 생업을 전폐하고 다람쥐와 친구가 되었노라고 으스댔다. 다람쥐는 멍청해서 사람인 내가 길들이는 대로 될 것이라고 생각하면서 나중엔 집으로 데리고 와야겠다고 다짐하며 열심히 다람쥐를 찾아다녔다.

다돌이는 인간이 정말 미련하다는 걸 점점 깨달아갔다. 먹이를 먹기 위해 위험을 감수하고 손바닥으로 올라가지만 자칫 눈빛만 조금 변해도 재빠르게 도망칠 준비를 쌓아갔다. 다돌이는 점점 약삭빨라지면서 인간을 가지고 노는 게 즐거웠다. 인간의 손바닥에 올라가는 게 아니라 인간이 내 발밑에 논다고 시니컬한 웃음을 지으면서 모험을 즐겼다.

'인간아, 인간아, 미련하고도 미련한 인간아, 네가 아무리 내게 먹이를 가져다주고 갖은 애교를 떨어대도 너는 인간이야. 이기적이고 악랄한 인간이란 말이야! 우린 절대로 가족이나 동족을 죽이는 법은 없다. 산에 사는 모든 동물들한테 다 물어봐라. 자기 가족이나 동족을 잡아 죽이는 동물이 하나나 있는지. 하하하. 미련한 인간이 있어서 내가 편해졌구나! 맛있는 것도 매일 먹고 말이야. 야 신난다!'

다돌이는 높은 바위에 올라가서 한바탕 소리치며 할아버지가 당부하는 말을 떠올렸다.

'인간을 우리와 함께 지구상에 살게 놔두는 건 신이 아직도 인간이란 동물을 포기하지 않고 개과천선시킬 수 있는 여지가 남아있다고 생각하는 모양이구나.'

다돌이와 다순이는 할아버지 말씀을 떠올리며 인간이 불쌍하고 측은하다는 생각이 자꾸 들었다.

참새와 비둘기와 사람

"별꼴이야, 남이야 그러든 말든!"

"폴짝폴짝하는 꼴이 우스워서 근다, 왜. 걷는 것도 아니고 뛰는 것도 아니고 그게 뭐니?"

"너희 비둘기들은 건정건정하는 게 걷는 거니, 달리는 거니? 그리고 걸으면서 고개는 뭐가 보기 좋다고 앞뒤로 왔다갔다 흔들거리면서 늙어빠진 노인네처럼 걷니?"

"나처럼 참새 너도 천천히 한 발씩 걸어봐라, 성질 급하게 홀짝홀짝 뛰는 꼴이라곤!"

"너희 비둘기들이 백날 연습해 봐라. 우리 참새처럼 뛸 수 있는지."

"그럼 니들은 우리 비둘기처럼 천천히 한발씩 딛으면서 걸을 수 있어?"

"또 니들 우는 소린 꼭 밤중에 귀신 나온 것 같아. 구우구 구우구. 목이 뚫리다 말았냐?"

"니들 소린 어떻고. 째재잭 째재잭 짹짹짹짹 짹짹짹짹. 우는 거냐,

노래하는 거냐? 우리 비둘기처럼 그래도 리듬과 음정박자를 잘 맞추면서 한번 읊어보지 그래. 킥킥킥킥."

"아이고, 사돈 남 말하고 있네. 노래란 게 무슨 초상집 곡하는 소리를 질러대면서……. 우리 소리는 그래도 귀엽기나 하지!"

"누가 더 아름다운지 저기 노인들한테 물어볼까?"

"그래. 종묘공원엔 노인들이 수천 명 모여 있으니 우리를 공정하게 심판해줄 거야."

참새와 비둘기는 싸움을 그치고 종묘공원으로 날아갔다.

늙수그레한 노인들은 삼삼오오 모여앉아 장기와 바둑을 두고 있었다. 한쪽엔 구경하는 노인들이 빙 둘러서서 웅성거리고 있다. 비둘기와 참새가 다가가니 고성이 오고가고 있다.

"야! 참새야, 쟤들 왜 저렇게 입에 하얀 거품을 품고 얼굴이 빨갛게 달아올라 고함질이냐?"

"그러게 말이야. 사람들 소리가 더 시끄럽고 듣기 싫은 소리네."

참새와 비둘기들은 먹이를 쪼는 척하면서 사람들 곁으로 슬금슬금 다가간다.

"요새 젊은 것들은 싸가지가 읎어. 어른을 알기를 개똥같이 취급한단 말이야!"

"우리 젊었을 땐 그렇진 않았는디. 시상이 와 요로쿠롬 변해뿐짓는지 참 더러버서!"

말을 끝내면서 돌아서 가래침을 탁 뱉는데 옆 사람의 바짓가랑이에 찰진 가래가 달랑거려도 모르고 열을 올리고 있다.

"그건 말이야, 요새 정치하는 놈들이 도통 거짓말만 해대서 그런 거여."

"당신 말이 철저히 옳구먼, 국회의원이고 대통령이고 양심 바르게 일하는 사람 하나나 있어?"

"세상이 왜 이렇게 더러워졌는지. 양심대가리라곤 눈 씻고 보려고 해도 읎단 말이야!"

참새들과 비둘기들은 사람들이 얼굴이 뻘겋게 달아올라 입에서 게거품까지 뿜어내면서 질러대는 소리를 알아들을 수는 없지만 정말 흉해보였다. 금방이라도 패대기라도 쳐댈 것처럼 고성과 삿대질을 하는 곳도 있었다.

참새와 비둘기는 사람들이 떠드는 소리가 노래도 아니고 우는 것도 아니라 무엇이 무엇인지 도통 알 수가 없었다. 짐작조차 할 수가 없었다.

참새와 비둘기는 앞으론 사람 곁에는 절대로 가지 말자고 약속을 하면서 종묘 숲 속으로 후르르 날아가 버렸다.

참새는 비둘기한테 미안하단 말을 했다. 비둘기도 너무 심했다고 생각했다. 참새와 비둘기는 서로를 존중하기로 한 뒤론 사이좋게 지냈는데 사람들이 어떻게 지내는지 궁금했다.

나도 모르는 나의 이름

뚜두둑뚜두둑. 또닥또닥. 띠디디띠디디. 찌르륵찌르륵.

우산 위를 두들겨대는 악기소리다. 느티나무 가로수 아래를 지날 때는 악기 소리도 꽤 톤이 굵어진다. 나무 밑을 벗어나니 가늘고 짧은 비트 리듬으로 연주한다. 랩이나 힙합에서 36비트까지 올라가는 것처럼 갑자기 비트를 올려가다가 다시 느슨하게 내려오기도 한다. 급속히 올라갈 땐 일분에 2백 단어 이상을 불러대는 랩을 듣는 것 같다. 산만한 것 같으면서도 정교한 리듬으로 멜로디를 따라 하모니를 이루고 있다.

종묘 담장 기왓장에서 낙하하는 빗방울이 봉숭아 이파리에 떨어질 때마다 깜짝깜짝 놀란다. 눈을 찔끔 감는 것 같기도 하고 감았던 눈을 활짝 뜨는 것 같기도 하다.

느티나무, 은행나무, 배롱나무들은 생기가 넘치는 얼굴로 싱그럽게 비의 연주를 즐기고 있다. 마른 살구나무 가지 끝에 꽃망울을 터트렸던 게 엊그제 같은데 주렁주렁 매달린 살구가 누리끼리하게 고운 얼굴로 변해 있다. 비바람의 심술을 못 참아낸 살구 하나가 볼따구니가 으깨지고 머리통에 금이 간 채로, 길바닥에 누워 있다. 떨어진 살구를 손바닥에 올려놓고 한참을 살펴본다. 이게 세월시계의 시침이구나. 다른 해보다 일찍 찾아든다는 장마경고장에 놀란 모양이구나.

하늘에 떠돌 때는 구름이었다. 이젠 비라는 이름으로 개명하고 지구로 내려오고 있는 중이다. 땅바닥에 떨어지는 순간 물이란 이름으로 고쳐진다. 구름은 이름 고치기를 끝없이 이어간다. 강에 이르면 강물, 바다에 들면 바닷물, 시내를 지날 때는 시냇물, 수도관을 타고 오면 수돗물이란 이름으로 바뀐다. 남을 깨끗하게 만들어주고 나면 구정물이란 이름으로 바뀐다. 알코올에 들어가면 술, 독성이 강한 녀석과 화합되면 독약이 된다.

똑똑, 우산을 노크하며 내 맘속으로 들어왔던 비는 우주를 떠돈 이야기를 내게 들려준다. 새벽 산책길에 나선 내 맘속에까지 찾아온 천하를 돌아다닌 빗방울. 이름을 바꿔가면서 여행해왔던 이야기를 들려준다.

'허어, 무궁무진한 요술을 지닌 너희들이 정말 부럽구나!'

나도 모르게 군담이 나온다.

이 세상에 온 인간도 한 가지 이름으로만은 살 수 없다는 생각이 불현듯 솟는다. 사기를 잘 치면 사기꾼, 좋은 일 많이 하면 착한 사람, 나쁜 일을 하면 나쁜 놈, 남의 것 훔치면 도둑놈이란 이름으로 바뀌진다. 유효기간이 가까워질수록 어지러우리만치 개명을 많이 해댄다. 자의든 티이든 말이다.

소설가, 수필가, 화가, 회장님, 편집장, 사원, 선생, 사장님, 국회의원, 디자이너, 누구네 아버지, 누구네 남편. 대충 헤아려도 머리가 어지러울 정도로 사람을 칭하는 이름이 많다.

　지금까지 나는 얼마나 많은 이름을 고쳤을까, 곰곰 생각해 본다. 아이에서 어른이란 이름, 청년, 중년, 노년, 늙은이, 노인 등 보편적으로 부르는 이름 외에도 헤아릴 수 없이 주위 사람들이 불러왔던, 나도 모르는 이름이 많을 것 같다. 남들은 나를 선한 사람, 악한 사람, 얌체, 좋은 사람 중에서 어떤 걸 많이 부르는지도 궁금하다. 내가 모르는 이름도 많을 테니까.

　비 오는 아침 내내 이름 명상을 한다. 남은 생은 또 어떤 이름으로 개명하며 살아갈지가 겁난다. 내가 1만 4천 명이 넘게 남의 이름을 지었건만 '나'의 올바른 이름이 무엇인지도 모르니 참 허허롭다. 비의 연주를 감상하면서 터덜터덜 집을 향해 걸어오는 발걸음이 무척이나 무겁다.

나무는 죽어서 더 오래 사는데

노파는 길을 가다가 멈춰 선다. 무엇인가를 하염없이 쳐다보고 있다. 남이 보기에는 할머니가 담쟁이넝쿨을 보고 있는 건지, 향나무를 보고 있는지 알 수 없는 일이다.

보는 이의 시각에 따라서 타인이 지금 무엇을 보고 있다거나, 무엇인가를 하고 있을 때에 그 진의를 판단하기가 쉽지 않은 일이다. 남이 보는 건 그 사실과 실체가 영 딴판일 수 있다.

늙은 향나무 줄기엔 담쟁이넝쿨이 무성하게 휘휘 감고 올라가 있다. 담쟁이넝쿨은 담장을 초록색으로 물들이고 나서도 모자라 지붕까지 새파랗게 덮어버렸다. 늙은 향나무에까지 세력을 확장하면서 생명력을 과시하고 있다. 향나무는 나이만 많았지 별 쓸모도, 썩 보기 좋은 나무도 아니라고 생각이 드는데도 노파의 마음을 자꾸 사로잡는다.

허리 구부러진 노파는 2년 전만 해도 담쟁이넝쿨처럼 감아 올라가서 편히 기댈 곳이 있었던 것이다. 쭉쭉 뻗은 잘난 교목으로서 산천에서 태어났더라면 벌써 쇠톱으로 생명을 잃었을지도 모르는 일이라고 노파는 생각한다.

노파는 2년 전에 다시 볼 수 없는 길을 먼저 가버린 아들의 혼이 담쟁이넝쿨에 달라붙어 있는 것 같은 착각에 사로잡혀 가던 길을 멈추고 멍하니 서 있다. 볼품없이 생긴 향나무처럼 오래오래 담쟁이넝쿨과 한 몸으로 휘감으며 살고 싶었지만 저승사자는 올곧은 재목감이라 베어가 버린 거라고 노파는 생각하며 그 자리에 서 있다. 잘생긴 나무는 수명이 길지 못한 것이란 생각이 자꾸 아들의 얼굴과 겹쳐서 멍하게 쳐다보고 있다.

나무는 잘생기면 수명이 짧은 경우가 많다. 노파의 아들도 잘생긴 나무처럼 저승에서 쓸모가 있다고 해서 데리고 가버렸나 싶은 생각을 떨칠 수가 없다. 못생긴 향나무와 담장넝쿨만 하염없이 쳐다보고 있다. 자신이 담쟁이넝쿨이 되어서 향나무 같은 아들을 휘감고 오래오래 살았으면 좋았으리란 생각이 점점 찐하게 다가온다.

잘생긴 나무는 반드시 환생해서 생명을 이어갈 거라는 생각이 노파의 뇌리를 자꾸 파고든다. 잘생긴 나무는 반드시 죽어서 가구나 한옥기둥이나 대들보로 다시 환생하는 것이란 걸 노파는 너무 잘 알고 있다. 잘생긴 아들도 나무처럼 환생해서 다시 새로운 생을 이어가기를 간절히 비는 마음으로 노파는 나무에서 눈을 떼지 못하고 서 있다.

집으로 돌아온 노파는 조금 전에 향나무에 휘감긴 담쟁이넝쿨을 상상하면서 이 세상에 없는 아들의 사진을 하염없이 들여다보고 있다. 노파의 두 눈에서는 담장넝쿨 같은 물줄기가 줄을 그어 내린다. 못난 나무의 수명이 긴 것처럼 못생긴 아들로 태어났더라면 하는 아쉬움의 한숨을 쉬다가 텔레비전 앞으로 간다.

텔레비전 화면에는 날씬한 젊은 모델들이 뽐내고 걷고 있다. 눈에선 다시 눈물이 주르르 쏟아진다.

'잘난 게 좋은 게 아닌데, 잘생겼다고 자랑하고 살 일이 아닌데, 약간 못난 사람이라야 제 수명을 제대로 살 수 있는 건데, 모난 돌이 정을 맞는 건데, 못난 것이 잘난 것보다 더 좋은데 왜들 저렇게 자랑을 한담.'

노파는 계속 군담을 하면서 텔레비전 리모컨을 눌러 버린다.

석수장이는
몇 년을 만들고 있을까

뗑뗑 떠덩 떵떵 떠덩.

규칙적으로 울려오는 쇠망치 소리에 시선이 자꾸 끌려간다. 곁에서는 굴착기가 땅을 고르느라고 윙윙거린다. 석수장이 세 분이 열심히 돌을 쪼고 있다. 커다란 바윗돌들을 어디서 어떻게 험준한 산꼭대기에까지 날라 왔을까. 근방에서 커다란 돌을 깰만한 바위가 없는데 신기하다는 생각이 꼬리를 물고 일어난다. 제3깔딱고개를 넘어오려면 빈 몸으로도 힘에 겨워 땀이 비 오듯 흐르는데 어떻게 굴착기를 실어왔을까. 커다란 돌들을 정으로 때리고 망치로 내려쳐서 곱게 사각형으로 다듬어내는 기술도 신기하다. 내 눈엔 모두가 신기해서 고개가 갸웃해진다.

절 마당의 무너진 축대를 쌓는 작업이다. 흙속으로 묻히는 쪽은 뾰족하기도 하고 널따랗기도 한데 축대의 바깥쪽은 반듯하게 쌓아 올리는 것도 신기하다. 둥근 돌은 하나도 없이 모두가 네모난 돌들로 쌓아올린다. 단체에는 각이 지고 서로 균형을 맞추는 건 네모꼴이 더 잘 맞는 모양이다.

석수장이의 모습을 보고 있으려니 예술가 같다는 생각이 든다. 나라면 죽었다가 다시 깨어나는 일이 있을지라도 저렇게 정교하게 쌓지 못할 거라는 생각이 들어서 감탄이 절로 나온다.

절 마당 앞에서 넋을 잃고 한동안 쳐다보고 있으려니 꽤 큰 시간 덩어리가 흘러가버렸다. 축대를 쌓는 것도 시간이 필요하다. 구경하고 있는 내게도 시간이 필요하다.

시간 속에서 돌들은 석수장이가 시키는 대로 자기 자리를 찾아서 완전하게 들어앉는다. 시간을 들여서 쌓은 절 마당의 축대는 수많은 세월의 시간덩어리가 지나도 그 자리에 있을 것이다. 몇백, 몇천 년 동안 그 자리를 지키고 있을지 모를 일이다. 어쩌면 내 아들의 증손자가 이 세상을 떠나고, 또 그 증손자의 증손자가 저 축대가 놓인 그대로의 모습을 볼 수 있을지 모르겠다.

석수장이는 지금 시간을 쌓는 것이다. 세월을 쌓고 있다. 하루의 일을 하는 것이 아니라 수백 년 아니 수천 년의 일을 현재 하고 있는 중이다. 석수장이는 수천 년의 일을 하고 있고, 나는 그 수천 년의 일이 신기해서 넋을 잃고 바라보고 있는 중이다.

석수장이는 오늘 일을 마치면 하루 품삯으로 만족할까, 아니면 수천 년의 작업을 한 것에 대한 만족을 더 느낄까, 아니면 그 의미를 되새기면서 보람을 찾으려고 애쓸까.

사람이 한순간의 일을 하는 것이 한순간 일이 아니라는 생각이 든다. 한순간에 한 일이 수백 년 수천 년까지 흔적을 남길 수 있을 것이다. 지금 내가 숨을 토해내는 공기 속에는 나의 내장을 거쳐 지나간 공기가 언제까지 남아있을까.

세월은 본래 길건만 바쁜 자가 짧다고 단언한다. 세월은 본래 길고 오래이건만 마음 바쁜 이가 스스로 짧다고 한다. 천지는 본래 넓고 넉넉하건만 마음 좁은 이가 스스로 좁다 말한다. 바람과 꽃과 눈과 달은 본래 한가롭건만 번잡한 이가 스스로 번거롭다 말한다. 어디선가 읽은 구절인지 내 뇌리에서 제작된 건지 모를 글귀가 문득 떠올라 되새겨 본다.

겨울나무의 철학 강의

정원의 나무들이 깊은 잠속에 빠져 있는 한겨울입니다. 잠을 자는 게 아니라 명상에 젖어있는지도 모르겠다는 생각이 듭니다. 겨울나무를 보고 있으면 내 마음은 자못 숙연해지기까지 합니다. 겨울나무는 깊은 사색으로 자신을 되살펴 보고 있는 중입니다. 벌거벗고 있는 겨울나무가 죽었는지 살았는지 나는 그 속내를 자세히 알지 못합니다. 겨울나무는 알몸을 보여주는 것 같지만 그렇지 않다는 건 쉬지 않고 일하고 있어서입니다. 겨울나무를 한참 동안 바라보고 있으려니 내 마음도 닮아가고 있습니다.

세상사 모두가 원래 백 개인데 내가 열 개밖에 못 보는 건지, 아니면 원래 열 개밖에 안 되는 건지 명확히 그 뜻을 알 수가 없습니다. 또한 내게는 열 개밖에 없는데도 백 개나 되는 양 남들에게 보여주려고 안간힘을 쓰며 살아왔으니 참 부끄러운 일입니다.

거실에 앉아서 종묘 숲을 물끄러미 바라보다가 커피 잔이 싸늘해진 걸 깨닫고서야 마음을 다잡아 줍니다. 커피 잔이 식어가는 건 내가 지금 빠른 세월에 실려서 가고 있다는 증거입니다. 내 인생도 커피처럼 무정하게 식어가고 있는 중입니다.

앙상한 겨울 숲이 여름과는 다른 모습을 보여주고 있는 게 참 많은 걸 생각하게 합니다. 짙은 초록색으로 단장했던 종묘 숲 속의 나무들은 서로 자기만 보여주려고 경쟁했습니다. 앞에서 팔 벌리고 딱 가로막고 자기만 보라던 여름나무는 뒤처져 있는 동료들은 아랑곳하지 않았습니다. 얼마나 많은 여름나무들이 뒤에서 살아왔는지 겨울나무가 되어서야 명확히 보입니다.

내가 겨울나무 숲을 즐겨보는 이유는 저마다 나신으로 자신을 보여주기 때문입니다. 양보의 미덕을 지닌 겨울나무가 자기 자랑만 하려고 버티고 있는 여름나무보다 더 진실해 보입니다. 종묘 안의 숲 저 뒤편까지 자잘한 나무들이 잘 보여서 마음이 시원해집니다. 무성하게 짙푸른 여름나무들의 살벌한 경쟁이 오만하게 보이기까지 할 때가 있습니다.

겨울나무 숲에게서 나는 배웁니다. 내가 감히 흉내 낼 수 없는 겸손의 미덕을 지닌 겨울나무들입니다. 나는 늘 열 개를 가지고 백 개로 위장하려고 애썼던 허황된 마음을 지금 저 겨울나무들에게 들키고 말았습니다. 부끄럽습니다. 열매와 꽃, 옷까지 다 줘버린 겨울나무는 참 진솔하고도 경건해 보입니다. 벌거벗은 몸으로 혹한과 싸우며 생활하는 겨울나무의 모습을 닮고 싶습니다.

잎과 꽃을 준비하려고 침묵하는 겨울나무들 앞에 앉으니 감히 철학자가 된 기분입니다. 겨울나무들은 내게 기다림의 인내를 가르쳐 주고 있는 중입니다. 나는 저들의 잎과 꽃, 열매를 보려면 더 많은 기다림을 연습해야겠습니다. 내가 서둘러도 겨울나무는 기다리는 법을 몸과 마음으로 익히라고 말해줍니다.

나는 지금 겨울나무와 함께 사색과 명상을 같이 하고 있습니다. 인생은 기다림, 그것이 있기에 나의 내일도 있나 봅니다. 겨울나무에게서 삶을 청강하고 있는 중입니다. 내가 잘난 척해본들 저 겨울나무의 생활철학에 감히 견줄 수는 없습니다.

즐거운 인간관계

나는 찬바람에 떨고 있는 겨울나무들을 한참 동안 관조하고 있다. 불현듯 돌아가신 어머니 얼굴이 한 장면의 영상으로 생생하게 펼쳐진다.

"세상은 다 위함 대함이다. 에잉!"

이런 어머님의 말씀에 셋째 누님이 무슨 뜻이냐고 얄궂은 표정으로 되묻는다. 궁금하기는 나도 마찬가지다.

타인을 '대하는' 태도와 '위해 주는' 결과로 되돌아오는 것이 인간관계라는 설명을 듣고서야 유머가 많으신 셋째누님이 또 한마디 툭 던진다.

"아이쿠 세상에, 백 살 넘은 노인네가 문자 쓰는 것 좀 보소잉!"

어머니께서는 나이가 들어갈수록 유식한 문자를 곧잘 쓰셨다. 내가 물으면 '아부님한테서 들었다.' 늘 한결같은 대답이셨다.

거실에서 바라보면 바로 눈앞에 전개되는 공원은 구에서 가꿔주는 우리 집 정원인 셈이다. 공원과 집 사이에 8m 넓이의 도로가 있다. 이층 거실에서는 길이 보이지 않아서 바로 집 앞마당으로 정원만 보인다.

정원에는 각종 나무들이 들어차 있다. 전봇대와 시합이라도 하려는 듯 훌쩍 키 자랑을 하는 은행나무, 수없이 많은 팔을 뻗어낸 느티나무, 단풍나무도 있다. 봄이면 하얀 나비가 날아와 앉은 것처럼 제일 먼저 꽃을 피우는 목련나무도 있다. 일명 간지럼나무라고 하는 배롱나무도 있다. 피부병이 걸려서 껍질이 벗겨진 것 같은 느낌을 주는 이 나무는 백일홍이란 이름이 무색하게 꽃이 피면 오래간다. 철쭉과 진달래는 앙상하게 엎드린 자세다.

한가운데는 잔잔한 소나무 아홉 그루가 다복솔밭을 이루고 있다. 전봇대보다 더 큰 소나무도 아홉 그루가 있었는데 길을 내면서 파내고 세 그루만 남아있다. 다복솔 곁에는 작달막한 앵두나무가 초라하게 서 있다. 이발을 잘 시킨 둥근 주목도 한데 엉겨서 겨울 추위를 견디고 있다. 쥐똥나무, 수국, 영산홍, 자산홍, 진달래, 철쭉, 모과나무, 매화나무, 때죽나무, 회향나무, 살구나무들이 잎을 떨어트려 나신인 채 한겨울 추위를 견디고 있다.

고색창연한 종묘 담 너머는 5백 살이 넘는 상수리나무와 신갈나무가 우리 집 거실을 내려다보고 있다.

"야, 니들은 지금 살아있는 거냐, 죽은 거냐?"

다복솔밭에서 다복솔 하나가 으스대며 앙상한 진달래에게 말을 건다.

"이딴 겨울이 뭐가 춥다고 그렇게 죽은 것처럼 모두 다 웅크리고 있는 거냐 말이야."

다복소나무는 한결 뽐내며 정원의 나목들을 향해 더 큰 소리를 지른다.

앙상하게 움츠리고 있던 진달래가 우쩍 달고 나선다.

"야, 우리가 지금 죽은 거라고? 우린 지금 열심히 일하고 있는 중이야."

"어쭈, 죽은 것처럼 숨도 제대로 못 쉬는 니들이 무슨 일을 해?"

"저 은행나무 큰형님은 내년 봄에 사람들이 좋아하는 열매를 맺기 위해서 한순간도 쉬지 않고 일하고 있지. 저어기 상수리나무 할아버지를 좀 봐라, 얼마나 늠름한지. 다람쥐나 각종 동물과 미생물들을 먹여 살릴 열매를 만들기 위해서 한 짬도 놀지 않아. 우리 모두가 지금 네 눈엔 죽은 걸로 보이지만 우린 내년 봄을 위해 열심히 일하고 있단 말이야. 너는 남의 눈을 즐겁게 하는 꽃을 피울 줄을 아니, 열매를 맺어 사람을 기쁘게 할 줄 아니. 참 기가 막히고 코가 막힌다!"

야무지게 쏘아대는 진달래에게 기가 팍 죽어버린 다복소나무는 고개를 숙이고 한참 동안 말이 없다. 찬바람이 휙 불어오니 나뭇가지들이 더 힘을 내고 버틴다.

"진달래야, 너는 지금은 이렇게 앙상하지만 봄엔 온 동산을 곱게 단장하니 정말 훌륭해!"

의외의 말에 진달래는 멍하게 다복솔을 바라보고만 있다.

"우리 동산에 있는 모두는 정말 훌륭하구나. 봄부터 가을까지 열매와 각종 꽃으로 단장하니 정말 대단하단 걸 이제야 알았어. 정말 미안해, 진달래야."

"아니야, 이 추운 겨울에도 늘 푸른 기상을 지니고 씩씩하게 버티고 있는 네가 더 훌륭해."

둘은 마주보며 웃는다. 소나무는 이제 즐겁게 사는 법을 깨달았다. 정원의 모든 식구들은 진달래와 다복솔에게 미소를 보낸다. 종묘 숲속의 앙상한 가지 사이로 둥근 보름달이 미소를 지으며 떠오르고 있다. 차가운 한겨울인데도 우리 집 정원엔 이미 봄이 먼저 와 있다.

나무와 대화하기

"야! 니들은 거짓말 안 하고 사냐?"

"나무가 언제 거짓말을 했는지 말해봐."

"봄이 되어 잎이 피니까 여기 죽은 가지가 보이는데 그래."

"그게 어쨌다는 거야?"

"겨우내 살아 있는 것처럼 시치미 딱 떼고 있었던 게 거짓말 아니고 뭐니?"

"그게 왜 거짓말이지?"

"죽은 가지를 살아 있는 것처럼 흐느적거리고 있었던 네가 감쪽같이 거짓말한 거지."

"참으로 답답하구나. 그건 네가 그렇게 봤을 뿐이지, 언제 내가 죽은 가지를 살았다고 한 적이 있었냐. 인간이란 동물들은 늘 실체를 똑바로 못 보고 현상을 실체인 양 떠들어대는 걸 나는 일찍이 다 알고 있었지."

"그건 무슨 말이야?"

“상황을 제대로 모르고 네 의견만 표출한다 이 말이야.”

“좀 쉽게 말해봐라.”

“현상적인 진실이 있고, 실체적인 진실이 있는 법이여.”

“비틀지 말고 쉽게 말해.”

“이건 너희들 말을 빌려서 하는 거야. 인간이란 동물들은 원래 대수롭잖은 것을 빌빌 꼬아서 아리송한 말들을 만들어 철학이 어떠니, 과학이 어떠니, 되지도 않는 소리만 한단 말이야.”

“인간보다 네가 더 화려한 변설이 많은데 그래?”

“이건 너희 인간들 흉내를 내본 거라고.”

“그건 그렇고 인간이 뭘 잘못 본다는 거야?”

“내가 언제 죽은 가지 산 가지 따져가며 보여줬단 말이야? 니들이 그렇게 속단한 거지. 너희 인간들 인식이 잘못된 거란 말이야.”

“알았다, 알았어. 두 손 두 발 다 들었다.”

“인간들은 겉으론 진실한 체하면서 속으로는 180도 다르게 거짓을 지껄이지 않니?”

“너무 비약하지 마.”

“비약이라고? 저어기 봐라. 머리 하얀 노인이 올라가고 있지.”

“응, 그래.”

“저분은 지금 겉으론 거짓말 안 하지?”

“그건 왜 또?”

“하얀 머리와 구부러진 허리, 쭈글쭈글한 얼굴을 자세히 살펴보면 얼마나 살아왔다는 걸 적나라하게 보여주고 있잖니. 나무들이 봄·여름·가을·겨울을 진솔하게 보여주듯 말이야.”

“당연한 일을 가지고 뭘 그러니?”

“저 노인의 속엔 얼마나 거짓이 들어 있는지 아니? 입만 열면 그 것이 밖으로 튀어나오지. 저 나이가 되도록 살아오면서 아내와 아들딸들, 가족들에게는 또 얼마나 많은 거짓말을 했겠니? 이래도 내 말을 못 알아들어? 지금 나하고 이야기하는 너도 다를 것이 없겠지만…….”

“그래, 그래. 내가 졌다.”

“지고 이기고 하는 문제가 아니야. 너희 인간들은 입만 열면 거짓 말을 밥 먹듯 해대며 철학이 어떻고 문학이 어떻고 법석이잖아. 실체는 언제나 그대로 가만히 있는데 그 실체가 왜곡될 때까지 들먹거려대거든.”

“듣고 보니 네 말이 옳은 것 같다.”

“인간들은 겉으로는 거짓말을 하지 않지만 속에는 너무 거짓을 많이 담고 있지. 하지만 우리 나무들은 겉이나 속이나 똑같이 진실만 지니고 산단다.”

“정말 네 말이 다 옳아. 종종 네게 와서 많이 배워야겠다. 잘 있어.”

“배울 것까진 없고 우리 나무들이 사는 것을 똑바로 보기만 하면 돼. 잘 가라.”

느티나무의 얼굴과 내 얼굴

커피 한 잔 뽑아들고 벤치에 앉는다. 자주 대하는 정독 도서관 벤치는 커피 한 잔 들고 마음을 깨우기에 그지없이 좋은 곳이다.

창 너머로 보이는 느티나무가 어김없이 나를 반긴다. 오늘따라 스산한 가을 분위기라서인지 느티나무가 쓸쓸해 보인다.

"왜 너는 항상 네 멋대로 남의 마음을 해석하니?"

느티나무가 내게 질타조로 말한다.

"엊그제까지만 해도 짙푸르던 네 얼굴이 여러 색상으로 변해서 그런 생각이 들어."

"초가을부터 추위가 덥석 다가와서 내 얼굴이 이렇게 된 거란다."

"자세히 보니 네 얼굴도 정말 형형색색이구나."

느티나무는 빨강, 초록, 노랑, 갈색, 엷은 검정색 등등 참으로 다양한 얼굴을 보여준다.

"내가 보기엔 너의 얼굴이 나의 가을 얼굴보다 더 색색인데?"

느티나무가 의외의 말을 한다.

"그건 무슨 뜻이야?"

"나는 가을 때문에 얼굴색이 여러 가지로 변하지만 넌 사시사철 변하는 얼굴을 지니고 있잖니. 웃음을 보이는 얼굴은 네 이기심 때문이야. 속은 웃지 않으면서 남에게 잘 보이기 위해서지. 화내는 얼굴은 자신을 이기지 못함이고. 나의 가을 얼굴보다 더 많은 색깔을 지닌 너는 분명 안의 너와 다른 모습을 보이기 위함이지. 난 가을이면 여러 얼굴색을 보이는 건 나의 모든 걸 솔직하게 드러내기 위함이야. 너와는 달리 욕심을 버리기 위해서 내 얼굴을 전부 드러내는 것이야. 얼굴을 솔직하게 드러내면 멀리서도 느티나무인지를 금방 알 수 있지만 너처럼 아무리 봐도 네 속이 어떻게 생겼는지 알 수가 없단 말이야."

"지금 네 얼굴이 여러 색으로 변신해서 교언영색의 술수가 아니니?"

"아니야, 그건 네가 잘 모르는 소리야. 내 얼굴을 보고 사람들은 금방 쉽게 누군지 구별하지만 너의 표정을 보고는 너를 자세히 알 수가 없어. 가을이면 내 얼굴을 떨어뜨리는 것처럼 너도 네 얼굴을 버리면 진정 네가 누군지 사람들은 알아볼 수 있을 거야. 나는 얼굴이 없어도 금방 무슨 나무인지 알아차린단 말이야. 너라는 인간은 얼굴 없으면 전혀 너를 알아보지 못할 족속이야. 그런데도 사람들은 네 얼굴이 너인 줄 착각하고 너로 안단 말이야. 얼굴이 너니, 아니면 네 속에 들어있는 네가 너니?"

"나도 뭐라고 대답할지 그건 헷갈리는데?"

"속이나 겉이나 언제나 똑같아야 진정한 네가 된다, 이 말이야!"

"겉과 속이 같다는 것은 얼굴과 속에 있는 내가 같아야 된단 말이지?"

"그렇지. 나는 아무리 내 얼굴인 이파리를 다 떼어버려도 가까이서 보면 금방 알아볼 수 있잖니. 너라는 인간은 가까이서 보려고 하면 어떻게 생겼는지 더 모르겠단 말이야. 그래서 너희들이 자주 쓰는 말 있잖니. 자기 '자신을 알기'가 가장 어렵다고."

"참 그렇구나. 이 가을에 네게서 들은 이 한마디가 나의 가슴속에 따뜻한 온기를 만들어 삼투압 되기 시작하는구나. 나는 너와 이렇게 종종 만나서 이야기하는 시간이 제일 행복해."

"나도 마찬가지야. 그럼 다시 만날 때까지 안녕!"

"응, 느티나무야 안녕!"

어느새 커피가 차갑게 식어버렸다. 쓸쓸한 커피 맛에 드러나는 내 얼굴을 자세히 들여다본다. 나무 잎사귀가 온갖 색상으로 변했을지라도 내 얼굴만은 단색이고 싶다.

지금 바로 이 '순간'이 나다

　지금 바로 이 순간에 무슨 일이 벌어지고 있을까 곰곰 생각해 본다. 누군가는 슬픔을 정지할 수 없어 울고 있을 것이다. 너무 기뻐서 웃음을 참지 못해서 박장대소하고 있는 이도 있을 것이다. 우주 어느 한 공간에 무척 행복해서 감격에 젖은 이도 있을 것이다. 슬픔을 이기지 못하고 몸부림치는 이도 어느 한 공간을 차지하고 있을 것이다. 기쁜 일을 자랑하고 싶어 안달인 사람도 존재할 것이다. 돈벌이에 흡족해서 자랑하고 싶어 어쩔 줄 모르고 있는 이도 있을 게다. 실패로 인해 넋을 잃고 자살하고 싶은 충동에 휩싸인 이도 있을 게다.

　무슨 일인가 끊이지 않고 진행되는 바로 지금 이 순간이다. 나는 지금 바로 이 '순간'을 붙잡고 관조하고 있는 중이다. 내가 지금 바로 이 순간에 뭘 하고 있는지, 확실히 알고 있는지도 살펴본다. 텔레비전에 고속카메라로 잡은 꽃이 피고 있는 모습처럼 지금 이 순간 한 공간을 차지하고 어떤 행위를 진행하고 있는 중이다.

산수유 꽃은 노란 빛깔을 내주고 쭈글쭈글해져 가고 있는 중이다. 앙상하고 뾰족뾰족하게만 보이던 매화나무에 하얀 꽃이 만발하여 나무 전체가 둥글게 보이는 중이다. 영산홍도 자산홍도 피어남을 진행 중이다. 꽃들이 피고 지는 모습이, 천천히 움직이고 있는 중인데도 나는 보면서도 그것을 명철하게 보지 못한다.

벌과 나비는 부지런히 날아가고 있는 중이다. 내가 담겨 있는 지구는 초속 약 30km로 공전, 약 365km로 자전을 하고 있기에 짧은 순간에도 멈춰 있는 건 하나도 없다. 나는 바로 지금 이 순간에 마음을 씻고 있는 중이다. 지금 이 순간 나는 영혼을 씻는 중이다.

우주라는 공간 안에 담겨 있는 삼라만상은 진행형이다. 저마다 한 공간에서 무언가를 진행 중인 바로 지금이라는 순간에 실려 있다. 지금 바로 이 순간이란 무언가를 진행하고 있다는 증거이기도 하다. 나는 바로 지금 이 순간 우주의 한 공간을 차지하고 있음을 깨닫는다.

지금 바로 이 순간에 뭔가를 하면서 또 뭘 해야 할지를 심사숙고한다. 분명히 뭘 하는 중이지만 무엇인지를 명확히 알 수가 없다. 우주 안에도 밖에도 무엇인가 하지 않고 가만히 있는 존재는 없을 게다. 시계가 시간이 가고 있음을 증명해주는 중이다.

지금 바로 이 '순간'이 나를 존재케 하는 의미다. 나는 지금 바로 '이 순간'이란 탈것에 실려 끊임없이 어디론가 달리고 있는 중이다. 어디쯤 가서야 멈출 수 있을까. 멈출 줄 모르는 게 바로 이 순간이다. 내가 세상에 존재하는 때까지는 지금 바로 이 순간은 계속 어디론가 가고 있을 것이다. 지금 바로 이 순간의 탈것에서 내가 이탈

한다면 멈출 수 있을지도 모르겠다.

지금 바로 이 순간 나는 무엇을 하기 위해 존재하는가.

내가 지금 바로 이 순간 어디로 가며 무엇을 보고 있는가.

지금 바로 이 '순간'이 바로 '나'인지 관조해 본다.

옳다는 것

"할머니, 정신 바짝 차리고 잘 찍으세요."

"옳게 찍을 텡게 그만해."

손자는 할머니와 투표소로 행하며 계속 다짐을 한다. 할머니와 손자의 옳다는 관점이 다를 텐데도 계속 강조한다. 손자가 강조하는 옳은 게, 할머니가 옳다고 생각하는 것보다 보다 더 옳은 걸까. 두 사람이 옳다는 것이 어느 누구에게나 적응되는 보편타당한 옳음일까. 나는 옳은 것의 실체가 실재하는 것인지를 생각하며 그들의 뒤를 따라간다.

옳은 것은 분명히 실재하는데 사람이 그 구별을 잘 못하는 것이 아닐지. 세상사에서 옳은 걸 골라내기란 정말 어렵고 힘든 일이란 생각이 자꾸 든다. 신경을 곤두세워 찾아보면 찾아볼수록 명확하게 골라내기가 힘든 게 옳은 것이다.

지구상에 65억이 넘는 인간들이 서로 전쟁을 해대는 건 옳은 걸 찾기 위함일까. 정치가들이 저마다 옳다고 주장하는데 투표로 결정하는 게 옳은 방법일까.

옳은 걸 명확히 찾아낸다는 건 인간들에게 영원한 숙제일지 모르겠다. 싸우는 사람들을 가만히 살펴보면 거의 옳은 것을 찾으려는 발단에서 시작된다. 인간은 옳은 걸 찾으려고 이웃과 싸움질을 해대기도 한다. 옳은 걸 찾으려고 오랜 친구, 부모·형제자매와 의절하는 것도 진정 옳은 걸까.

인간관계가 파괴되는 것은 잘못 찾은 옳은 것 때문인 경우가 대부분이다. 싸움질을 해가면서 찾아내는 옳은 것이 진정 옳은 것일까. 사람마다 국가마다 자기가 가진 것이 옳은 것이라고 우기면서 싸움질을 해대는 게 진정 옳은 일일까.

자기가 신봉하는 종교만이 옳다고 우겨대며 싸우는 건 또 진정 옳은 것일까. 종교란 평화와 화합이 옳은 것이라고 생각하고 싶은데, 지구상에서 종교의 발단으로 전쟁을 하는 건 진정 옳은 것일까. 네 이웃을 네 몸처럼 사랑하라는 건 옳은 것 같은데, 타 종교인을 박해하거나 인정하지 않는 편견도 옳은 걸까.

아아! 세상엔 진정 옳은 것이 없는 걸까.

옳은 걸 찾지 말고 그냥 흙탕물 묻은 대로 사는 게 싸우지 않는 일일지도 모르겠다는 생각이 자꾸 드는 건 왜일까. 옳은 것 서투르게 찾으려 말고, 그냥 사는 게 더 나을 것이라 생각하면서도 또 옳은 것에 미련이 남아 또 찾고 싶어진다.

할머니와 손자의 뒤를 따르며 투표소로 행하는 내 마음이 왜 이렇게 착잡할까. 선거란 옳은 걸 찾는 게 아니라, 수의 우세로 가짜 옳은 걸 만들어내는 인간들의 간교한 짓이 아닐지. 선거 입맛이 뚝 떨어져서 발길을 돌리고 싶은 충동이 자꾸 인다.

옳은 것 그른 것 따지지 않고 살 수 있는 세상이 있다면 이사 가고 싶다. 마지못해 도살장으로 끌려가는 늙은 소처럼 투표소에 도착한다.

내가 옳다면 옳은 게지, 서툰 생각을 하며 투표를 하고 나온다. 손자가 할머니께 하듯 '절대 옳은 진리'가 내게 당부한다면 참 좋겠지만 말이다.

우선순위

"니가 지금 정신이 있는 녀석이냐! 오전 내내 아무 것도 안 했다니, 일요일이라고 판판이 자빠져 놀고 언제 공부해서 대학 갈래!"

골목 창문으로 넘어오는 엄마의 야무진 목소리가 바쁘게 걷던 내 발걸음을 일시에 서행으로 바꿔놓는다.

'아무것도 안한다는 게 정말 성립되는 말일까?'

남의 말, 타인의 일, 지나가는 바람까지도 그냥 넘기지 못하고 호기심이 발동하는 성미라 또 골똘한 생각의 골짜기로 빠져든다. 외출에서 돌아온 엄마가 공부는 않고 아무것도 안 했다는 아이에게 화낼 만큼 아이는 진짜 아무것도 안했을까?

아이는 텔레비전을 보거나, 오락게임을 했거나, 만화책을 봤거나, 친구와 휴대전화로 조잘거렸거나, 냉장고에 맛있는 걸 꺼내서 야금거렸거나, 친구와 어딘가 놀러갈 생각에 들떠서 거실을 왔다갔다 서성이며 발길로 뭔가 툭툭 차고 다녔거나, 휴대전화기를 문질러대거나, 컴퓨터에서 최신정보를 낚시질하느라 정신이 팔렸거나, 무료

하게 누워서 천장을 쳐다보며 얼룩무늬를 유심히 보고 있었거나, 커피를 마셨거나, 음악을 틀어 놓고 춤을 추었거나, 옷을 골라 입고 거울을 쳐다보며 미소를 지었거나, 소파에 누워서 여학생의 아름다운 모습을 상상하는 데 정신이 팔렸거나, 엄마가 돌아오면 야단맞을 생각을 하면서 잘못된 흔적들을 지우려 안간힘 썼거나, 큰 소리를 질러봤거나, 용변을 봤거나, 세수를 했거나, 아버지의 비밀스러운 곳을 염탐했거나, 엄마의 지갑을 훔쳐봤거나, 돈이 좀 있었으면 좋겠다고 아르바이트할 곳을 알아보고 전화를 했거나, 낮잠을 잤을지도 모른다.

사람이 살아가면서 한 순간도 아무것도 안 하기도 참 어려운 일이다. 아무것도 안 한다는 건 어쩌면 무언가를 하기보다 더 어려울지도 모른다. 사랑을 하지 않는 것이 사랑을 하는 것보다 더 어려울까. 시기와 질투를 하지 않기보다는 하는 것이 더 쉬울까.

재미있게 놀려면 힘이 들기도 한다. 노는 것도 아무것도 안 하는 건 아니다. 인간이 아무것도 안 하며 생명을 이어간다는 건 있을 수 없는 일이란 생각에까지 이른다.

아무것도 안 한다는 건 불가능한 일이다. 남이 볼 때는 아무것도 안 하는 것 같지만 속으로는 수많은 생각을 하고 있다. 아무것도 하지 않으려고 결가부좌를 틀고 앉아서 무념무상에 빠지려고 애를 쓰면 쓸수록 생각은 더 바빠진다. 결가부좌를 틀고서 아무 생각도 하지 않으려는 자체도 아무것도 안 하는 게 아니지 않는가.

사람이 숨을 쉬고 있는 한 무엇인가를 하게 되어있다. 죽어가면서도 유언의 말을 남기려고 애쓰며, 숨고르기에 힘겨워하는 게 인간이다.

태어나 죽을 때까지 무언가 꼭 해야 한다면 최상급을 골라서 하는 연습을 해야겠다. 인생이란 연습만 하다가 가는 것처럼 보이기도 하지만 말이다.

복잡하게 생각하는 동안 발은 벌써 목적지까지 나를 데리고 와버렸다. 나도 모르는 순간 약속 장소의 문을 미는 일을 하고 있다. 무언가 하며 여기까지 왔으니 여생의 발걸음은 좀 더 선별해서 해야겠다고 다짐하는 순간 나도 모르게 중얼거리게 된다.

'아무것도 안 하기는 어려우니 제일 먼저 할 것부터 찾아야지.'

13

서툴게 살기

나는 지금 신호등 앞에 멈춰섭니다.

오른손은 주머니에서 무엇인가를 찾고 있습니다. 내 손들은 어느 한순간 쉬지도 못하고 많은 일을 해왔습니다. 날마다 두 손은 자기 할 일에 게으름을 피우지 않았습니다. 신호등 앞에서 갑자기 손이 불쌍하다는 생각을 하게 됩니다. 잠시라도 손이 쉬고 있을 때 숙연하게 봐줘야겠다고 생각합니다.

손은 좋은 일도 엄청나게 많이 하며 세월을 보냈습니다. 어쩌다가 하지 말아야 할 짓을 손이 하고서 후회도 했을 겁니다. 손은 못된 일보다 좋은 일을 더 많이 했으리라고 믿고 싶습니다.

신호등 불빛이 바뀌기를 기다리는 나는 어느새 엄숙해지고 있습니다. 지금까지 살아오면서 기다림도 많았을 겁니다. 지금처럼 이렇게 진지하게 기다려본 적이 별로 없었던 것 같습니다.

나는 점점 생각의 깊은 골로 빠집니다. 좋은 일 수백, 수천 번 해도 나쁜 짓 한 번 하는 게 더 나쁘다고 손에게 말합니다. 선하

고 착한 일 안하더라도 나쁜 일을 안 해야 한다고 내 손에게 말합
니다.

한 손은 책을 들고 있는 일을 하고 있지만 한 손은 주머니 속에
서 쉬는 중입니다. 한 손으로 일할 때는 서툴러서 생각을 많이 하
면서 합니다. 양손이 일할 때는 아주 익숙해서 정성을 들이지 않
고도 합니다. 익숙하게 못하는 일일수록 일의 소중함을 깊이 느끼
면서 신중해집니다. 숙달되어 잘하는 것보다 약간 서투르게 할 때
에 더 신중해지기 때문에 일부러 왼손에게 시킬 때가 종종 있습
니다.

좀 더 서툴러지라고 오른손은 지금 쉬고 있는 중입니다. 왼손에
게 신중하게 일하라고 일러줍니다. 인생을 너무 익숙하게만 사는
게 좋은 것만은 아니라고 손에게 자주 말합니다. 때론 서툴게 살아
봐야만 인생의 진가를 더 찾아낼 수 있지 않을까 싶어섭니다. 익숙
하게 사는 것보다는 아주 서툴게 살아보는 것이 더 의미가 있을 듯
싶습니다.

운전이 서툴러 사고를 내는 경우는 있을 법한 일이지만, 익숙한
이가 사고를 내는 경우는 있을 법한 일이 아니라고 손에게 얘기해
줍니다. 운전을 배우고 나서 3년 뒤가 사고를 제일 많이 낸다는 통
계의 기사도 있습니다. 통계기사가 맞는지 맞지 않는지는 따질 필
요 없이 한 번 숙고해볼 일입니다. 인생운전 너무 익숙하게 설쳐대
서는 안 되겠단 생각이 강하게 듭니다.

익숙한 일을 무의식적으로 하는 건 자랑할 일이 아니라고 손에게
말해줍니다. 내 안에 익숙한 모든 것들은 잠시 쉬라고 해야겠습니
다. 나는 간혹 왼손으로 숟가락과 젓가락질을 합니다. 서툰 일엔 더

정성이 들어가기 때문에 참 좋다는 걸 깨달았습니다.

　신호등을 기다리며 생각해 보니 내가 하는 일의 대부분을 손이 하는 것 같습니다. 만약 손이 없어 다른 부분이 대행하려면 정말 힘들 것입니다.

　나는 손에게 매사를 조금만 더 서툴게 하라는 말을 자주자주 합니다. 신호등이 나를 멈춰 세운 건 내가 걸어야 할 인생길을 조금만 더 서툴게 걸어보라는 신호인 듯합니다. 손도 알아듣고 있습니다.

지금의 일에 집중

"어, 위험해!"

누군가가 급박하게 지르는 소리에 소스라치게 놀라 두리번거린다. 내가 현재 무엇을 하고 있었는지 모르다가 짧은 순간에 나를 살핀다. 길을 걸으면서도 전혀 걷고 있다는 생각조차도 하지 못했다. 좁은 골목길에서 오토바이가 푹 튀어 나온 것이다.

길을 가다가 은연중에 발이 걸려 넘어져 수십 년 사용해 온 다리뼈가 허무하게 부러지기도 하고 지금처럼 느닷없이 튀어나온 오토바이에 부딪쳐 대형사고가 날 수도 있다.

아들이 칼질하다가 둘째손가락 끝을 베인 적이 있다. 아픔과 후회가 동시에 마음을 후볐을 터이다. 베이고 나서야 후회한들 소용없는 일이다.

내가 초보운전 때였다. 터널을 지나는데 휴대전화 벨이 울렸다. 운전에만 신경을 쓰기로 하고 벨소리를 무시했다. 계속 벨이 울려댔다. 한순간 운전하고 있다는 걸 깜빡 잊고 휴대전화를 들다가 벽을 들이받고 말았다. 차가 한 바퀴 빙글 돌고나서야 정신이 번쩍 깨어났다.

20m 넘는 낭떠러지에 굴러 떨어지면서 관광버스를 운전하고 있었다는 걸 깨닫고 순간적으로 브레이크를 밟지만 차는 이미 나락으로 떨어져 버린다.

폐병이 회복되지 않는다는 진단을 받고나서야 담배를 많이 피운 걸 후회를 한다. 대학입시에 떨어지고 나서야 열심히 공부하지 않았음을 절실히 깨닫는다.

헤어지고 나서야 정말 사랑했던 사이란 걸 알게 된다. 장롱을 치우고 나서야 그 자리가 휑하게 빈 줄을 실감하기도 한다. 부모가 돌아가신 후에라야만 살아 계셨었을 때의 모습이 새록새록 그리워진다. 아들이 소년원으로 넘겨진 뒤에야 아이를 잘못 키운 걸 깨닫는다.

지금 나는 아이를 키우고 있는가.

현재 운전을 하고 있는가.

식칼을 들고 요리를 하는 건가.

나는 지금 무엇을 하고 있는지 찬찬히 관찰한다.

길을 가고 있는 중이다. 오토바이에 탄 사람이 골목에서 확 튀어나올 걸 예상하며 걷는다. 나는 왜, 뭘 하려고 지금 이 길을 가고 있는 걸까. 지금 나는 왜 이 길을 걸어가지 않으면 안 되는 건가.

내가 바로 지금 이 찰나에 행하고 있는 일이 나의 삶이고 내 인생이 아닌가. 어제와 내일을 절대로 집중할 수는 없다. 과거와 미래에 몰입할 수는 더더욱 없는 일이다. 바로 지금 현재 길을 걷고 있는 이 순간이 나의 전부로 생각하며 걸어야 한다.

조금 전과 같이 갑자기 누군가가 위험 신호를 외치기 전에 미리 자신을 챙겨 걸어가야겠다. 남이 하고 있는 일에 관심 갖기 전에, 먼저 내가 하고 있는 자신에게 집중하련다.

'위험 신호가 나타나기 전에 정신을 바짝 차리고 인생길 걸으라고.'

하루 전에 했던 일이 제대로 생각나지 않는 건 무의식적으로 행하기 때문이다. 의식하며, 생각하며, 느끼며, 똑바로 응시하며, 관조하며 살아야 하리라.

하마터면 오토바이에 치일 뻔한 위험이 순간적으로 나를 깨어나게 한 것이다.

매순간 '나'를 보리라.

'지금 나는 왜 이 일을 하고 있지?'

이 한 마디에만 마음이 가 있다면 걱정할 필요가 없겠지만.

모든 여인은 어머니

횡단보도 앞에서 신호등을 바라보고 있는 여인이 있습니다. 초록불이 켜지길 기다립니다. 불룩한 배를 보니 얼마 안 있어 어머니가 될 여인이란 걸 알려줍니다.

두 몸이 빨리 한 몸씩 되기를 기다리는 신호등 앞에 서 있나 봅니다. 눈앞의 신호등보다 한 몸이 되는 신호등을 더 간절히 기다리는지 모르겠습니다.

여인은 이제껏 홑몸으로 살아왔지만 지금은 짝몸이 되었습니다. 머지않아 어머니라는 홑몸이 되면 두 인생을 살아야 할 무게가 짓누를 겁니다.

혼자의 몫을 둘이서 나누는 건지, 둘이 살아야 할 몫을 혼자서 짊어지는 건지는 헷갈립니다만 저 여인은 잘 알고 있을 겁니다. 홑몸이 되면 두 몸으로 열 달 가까이 지냈을 때보다 마음이 더 무거울 겁니다. 두 몸이 한 몸으로 해체되려면 한 달이 걸릴지 두 달이 걸릴지 저 여인은 알고 있습니다. 혼자 짊어지고 가던 인생을 둘이 나누어 가지면 가벼울 것 같지만 엄마의 자리는 그 반대입니다.

여인의 한 몸이 둘이 된다는 건 참으로 만고의 성스러운 일입니다.

'이제부터 너 때문에 갈 데도 맘대로 못 가, 할 일도 제대로 못 해, 많은 제약을 받을 거야, 싫다, 싫어!'

이런 대사는 재미로 보는 텔레비전 드라마에서만 쓰는 대사였으면 좋겠습니다. 어머니가 자식 몫까지 짊어지는 건 참으로 무겁고도 버거운 것입니다. 아무리 무거운 짐일지라도 어머니에겐 지탱하는 힘이 넉넉히 잠재해 있을 겁니다.

묵묵히 서 있는 플라타너스 가로수처럼 저 여인도 꿋꿋하리라 믿습니다. 단단히 설 수 있는 여인은 뱃속에 숨 쉬고 있는 또 다른 뿌리 때문입니다.

아이 손을 잡은 엄마가 신호등 맞은편에서 걸어오고 있습니다. 엄마 손을 잡고 따라오던 아이가 땅바닥에 주저앉아 울음을 터트립니다. 엄마는 건너던 길을 멈추고 아이 키에 맞춰 몸을 낮춥니다. 아이를 꼭 안아줍니다. 두 팔이 아닌 마음의 팔과 가슴의 팔로 꼭 안아 줍니다. 엄마의 인생을 반쯤 툭 잘라 아이에게 이미 안겨줬을 겁니다. 반이 아니라 전부를 안겨주었다고 해야 할지 모르겠습니다.

내가 지금까지 누구에게 무엇을, 얼마나 줬는지를 되새기게 하는 두 엄마입니다. 준 게 너무 없어 내 가슴은 너무 헛헛하고 황망하기만 합니다. 많은 걸 받아 온 것마저 깨닫지 못했으니 더욱 더 그렇습니다. 가족이, 친구가, 사회가, 자연이, 모두 내게 주고만 있다는 걸 두 엄마가 가르쳐 주고 있는 중입니다. 참 부끄럽습니다.

신호등 앞에서 아이 엄마들을 보면서, 세상을 보는 눈이 조금 떠지는 것 같습니다. 내 주위에 있는 모든 여인들이 내 어머니입니다. 어슴푸레하게나마 어머니를 알아볼 수 있는 눈이 뜨이는 것 같아 즐겁습니다.

지금 내 안에서는 기쁨이 아지랑이처럼 스멀스멀 피어오르고 있는 중이랍니다. 세상 모든 여인은 어머니란 걸 깨달았기 때문입니다. 모든 여인은 나를 깨어나게 하는 내 어머니임을 횡단보도의 신호등 앞에서 알게 되었습니다.

행복을 만드는 장인(匠人)

　창문을 열어놓고 결가부좌를 틀고 앉는다. 정원으로부터 시원한 바람이 불어오니 내장까지 시원해진다.

　생각이란 불행이며 행복이다. 불행이고 행복인 게 마음이다. 불행과 행복이 함께 있는 게 정신이다. 행복과 불행은 늘 같은 곳에서 동거한다. 자기 자신이 행복과 불행을 확인한다. 행복과 불행은 자기 자신이 정한다. 생각과 마음과 정신이 행불을 분류한다. 행복과 불행은 커다란 돌덩이마냥 내 곁에 그냥 가만히 있을 뿐이다.

　석장은 돌을 다듬어 탑이나 조각상을 훌륭하게 만들어낸다. 사자도 만들고 호랑이나 사람의 상을 만들어 놓은 후에는 돌로 보지 않는다. 석공과 목공의 마음이 곧 아름다운 예술품이다. 나는 목공이나 석공처럼 매일 무언가를 은연중에 만들면서 살아간다. 마음은 무엇이나 만들어낼 수 있는 참 훌륭한 석공이고 목공이다.

　마음의 지시에 따라 행복과 불행이 순간적으로 만들어진다. 똑같은 돌이나 나무지만 아름다운 석상이나 훌륭한 물건을 만드는 것처럼 마음도 그렇다. 마음을 잘 다스리는 장인이 된다면 같은 일이라도 확연히 다른 결과를 만든다.

사람의 마음은 같은 사안을 두고서 행복을 만들거나 불행을 만들어낸다. 아름다운 물건을 만드는 장인처럼 마음의 장인이 되어 행복만 만들어낸다면 참 좋으리라.

행복이 원래 만들어져 있는 것이 아니듯 불행도 만들어져 있는 건 아니다. 내 앞에 다가와 있는 것들을 행복으로 만들려는 노력 없이는 만들어지지 않는다.

같은 평수의 아파트에 살면서도 불행과 행복이 다르다. 똑같은 고급승용차를 타면서도 불행과 행복으로 각각 다르게 느낀다. 같은 정도의 재산을 지니고 있으면서도 불행으로, 행복으로 각각 다르다.

모든 행복과 불행은 마음이란 걸 누구나 알고 있다. 세상만사 행불은 정신이라는 것도 누구나 다 알고 있다. 행복과 불행은 나의 관념 안에 존재한다. 마음의 장인이 되어서 내게 다가와 있는 모든 것들을 행복으로 만들어 보자.

하루 종일 행복을 만드는 작업에 열중하는 사람은 행복하리라. 행복만 생각하고 행복 쪽만 바라보면 최소한 내가 처한 환경에서도 얼마든지 행복을 만들어낼 수 있을 것 같다는 생각이 든다. 생각이 도와주고 정신이 앞장서고, 마음이 올바른 평가를 해준다면 반드시 만들어낼 수 있지 않을까 행복을.

결가부좌하고 명상하는 아침이 하루 중 내게는 제일 행복한 시간이다. 마음과 생각과 정신이 모두 한곳에 모여서 이른 새벽을 맞이하기에 정말 행복하다.

행복을 만드는 하루가 되려고 애쓰는 시간이 이른 새벽이다. 내 곁에 와 있는 24시간이란 재료들을 마음과 생각과 정신이 합심하여 오늘을 만드는 작업을 시작하는 새벽이 참 즐겁기만 하다. 매일 재료는 똑같지만 '생각과 마음과 정신'이란 연장으로 행이든 불행이든 만들어야 하기에 새벽 시간을 더 신중하게 맞는다. 이왕이면 행복을 만드는 장인이 되고 싶다.

내면 보기

집으로 돌아오는 밤늦은 시간이다.

몸을 가누기 힘들 정도로 취한 여대생이 남학생에게 기대고 있다. 나약해 보이는 남학생은 젖 먹던 힘까지 다 꺼내서 여학생을 부축하고 있다. 남학생이 애를 쓰면 쓸수록 여학생은 축 처져서 흐느적거린다. 만유인력의 법칙에 제대로 적응되고 있는 중이다. 여학생은 문어 후손이 무색할 정도로 점점 퍼질러지며 찰싹 달라붙는다. 술 취한 여학생이 어디서 저런 힘이 솟는 건지 의심스러울 정도다.

부모가 무슨 일을 시키면 짜증부터 곧잘 낼만한 남학생은 아랑곳하지 않는다. 내심 즐겁기만 한 남학생의 표정은 누가 봐도 금방 척 알아차릴 정도인 걸 어쩌랴. 얼굴을 약간 찡그려 보는 건 지나가는 내게 남자 체면을 조금이라도 세우려는 심정이라는 게 여실히 드러나는 관상이다. 더 망가지기를 속으론 기대하며 표정관리를 하느라 내심 쾌재를 부르는 모양이다.

노련한 할머니가 지나가다가 봤으면 꼬리 아홉 개 달린 여우를 연기하는 여학생이라고 면박이라도 해댈지 모르는 일이다.

적당하게 술이 취한 여학생은 좋아하는 남학생의 마음속으로 점점 깊이 파고들면서 흐느적거리는 연기가 익숙하다. 남학생이 다소 곳한 말솜씨로 일부러 신경질 내는 체 슬쩍 한 마디 곁들인다. 거짓 짜증을 섞어 가며 고운 불평 토해 내는 남학생의 팔에 힘이 점점 솟는가 보다. 만취한 체하는 여학생과 짜증스런 체하는 남학생의 속마음이 서서히 삼투압 되고 있다.

지나가는 행인들은 보는 시각에 따라 그림이 제각각일 게다.

'너는 네 아내의 속마음을 알면서 지금까지 살아온 거니?'

온갖 상상 첨가하여 지켜보고 있던 나의 내면의 소리에 움칠해진다.

'그럼 네 아들딸 속마음은 다 알고 살아왔어?'

너와 나, 우리 모두가 각각 다르기에 그럴 수밖에 없는 일이라고 핑계를 대보지만 나의 가슴은 점점 움츠러들기만 한다. 이것저것 변명을 긁어모으면서 나는 고개를 가로젓는다.

술 취한 학생들을 뒤로하고 집 앞 골목길을 돌아서는 나의 뇌리에 여학생과 남학생의 술 취한 모습이 쉬 지워지지 않는다. 발걸음이 점점 무거워질 뿐이다.

'방금 그건 내 모습일지 모르겠다.'

눈앞에 나타나는 모두는 나의 거울이 아니겠는가. 아름다운 모습도 추한 모습도 모두 나의 거울이다. 보이는 모든 행위들은 나의 거울 아닌 게 없을 게다.

거울을 찬찬히 들여다보며 집으로 행하는 나의 발걸음이 점점 무

거워진다. 내 앞에 나타나는 좋고 나쁜 행위 모두를 찬찬히 들여다
보라고 자책하며 무거운 발걸음을 옮긴다.

모든 거울에 나를 비춰 보리라고 마음을 다잡으며 나는 대문을
열고 들어선다. 술 취한 학생의 모습이 머릿속을 자꾸 짓누른다. 식
구들 앞에서도 고개를 들지 못하고 말없이 방으로 들어가 버린다.

'바깥보다 내 안을 더 잘 볼 수 있다면 얼마나 좋으랴.'

나도 모르는 사이에 구시렁대며.

'그럴지라도'

　시간은 금이다. 그럴지라도 시간이 너무 많아서 허황된 짓을 꾸미는 사람도 있다. 오늘 할 일을 내일로 미루지 말라. 그럴지라도 오늘 하기 싫어서 내일로 미뤘던 일이 의외의 상황으로 돌변해서 유리하게 되는 경우도 더러 있다.

　서툰 목공이 연장 나무란다. 그럴지라도 연장이 좋으면 조금은 더 나은 물건을 만들어낼 수가 있다. 젊었을 때 고생은 사서라도 하라. 그럴지라도 젊었을 때 고생하지 않아도 후일에 더 좋은 일이 생길 수가 없다고 단언할 수만은 없는 게 인생사다.

　한 일을 보면 열 일을 안다. 그럴지라도 한 가지의 실수를 보고 나머지 아홉 가지를 다 잘할 수 있는 걸 보지 못하는 맹점이 될 수도 있다. 우물도 한 우물을 파라. 그럴지라도 한 우물만 파다가 물이 나지 않을 땐 한 번밖에 없는 인생 쪽박 찰 수도 있다. 이에는 이, 눈에는 눈으로 응수하라. 그럴지라도 쌍방이 다 파멸할 수도 있다.

　아무리 옳은 결론일지라도 그 반대편도 다시 한 번 살펴보는 것이 '그럴지라도'이다. '그럴지라도'는 배당된 삶을 보다 신중하게, 효율적으로 살아가는 방법이 될 수 있을 게다.

결정된 어떤 일을 앞에 두고 다시 한 번 더 '그럴지라도'를 되새겨 보면 보이지 않던 새로운 것이 보일 때가 많다. 틀림없는 결론이라고 믿고 싶을 때 '그럴지라도'는 그것이 아닐 수도 있다고 충고해준다. '이럴 수도 있다는 걸', '그럴지라도'는 저럴 수도 있을 것이라고 생각해보라고 가르쳐 준다. '저럴 수도 있을 것이다'보다 '그럴지라도'는 그럴 수도 있을 것이라고 알려주기도 한다. 항상 '그럴지라도' 뒤에 따르는 건 우리의 삶을 한 번 더 되돌아보게 하는 힘이 되어 준다.

현재는 절망이다. '그럴지라도' 그 절망이 끝까지 가리란 보장은 없는 법이라고 일러준다. 이혼은 절대로 해서는 안 된다고 발버둥 친다. '그럴지라도' 이혼이 더 나은 경우도 있다. 불행 뒤에는 '그럴지라도'가 또 다른 행복을 데리고 온다는 생각을 하면서 위안을 받는다. 행복 뒤에는 '그럴지라도'가 또 다른 불행을 데리고 온다는 것도 늘 잊지 말고 행복을 조심스럽게 누려야 한다.

'그럴지라도', 이 얼마나 위안이 되는 말인가.

'그럴지라도'의 앞에 오는 것만 극단적으로 믿는 건 홑눈 사고라고 할 수 있겠다. 어떤 절망에도 어떤 행복과 불행에도 그 뒤에 따라오는 '그럴지라도'를 생각하며 맞이하는 건 겹눈 사고라 할 수 있겠다.

나는 오늘도 겹눈을 뜨고 세상을 보려고 명상도 해본다. 사색의 눈으로 세상을 관조하며 겹눈이 밝아지려고 노력한다. '그럴지라도' 속에 무수히 묻혀 있는 삶의 우물을 보다 더 깊이 파내려가고 싶다. 오늘도 난 '그럴지라도'란 말의 앞뒤를 꼼꼼히 살피며 마음눈을 크게 뜨고자 노력한다.

'나' 보기

　나는 '명상'이란 단어를 좋아한다. 명상의 사전적인 의미는 '고요히 눈감고 깊이 생각함, 또는 그런 생각'이라고 되어 있다. '사색'이란 단어를 참 좋아한다. 사색이란 '어떤 것에 대해 깊이 생각하고 따짐'이라고 되어 있다.

　명상과 사색을 하는 건 우주에 있는 에너지를 내 것으로 만들어내는 내면의 작업이다. 주인 없이 꽉 차 있는 에너지를 공짜로 가져오는 작업이 명상과 사색이라 명명하고 싶다.

　현대인들은 빠른 세월열차에 실려 한 찰나도 쉬지 않고 달려가고 있다. 옆도 앞도 돌아볼 여유도 없이 달리는 셈이다. 아무리 바쁜 생활에 시달릴지라도 하루 10분 아니 5분이라도, 더 짬이 나지 않으면 단 2~3분이라도 명상과 사색으로 나를 들여다보려고 애를 쓴다.

　명상과 사색은 자기 자신과 더 친해지는 일이다. 에너지를 축적시키고 나를 더 여물게 하는 명상과 사색이 즐겁다. 명상에 빠져 있을 때 우주와 내가 한 몸이 되는 걸 느끼게 된다. 명상과 사색의 반대는 그냥 건성으로 스쳐 지나감이라고 할 수 있겠다. 무의식적으로나 습관적으로 보고 듣고 행하는 건 사물의 진면목을 보기 어렵다.

명상이나 사색의 눈으로 사물을 보면 또 다른 면이 보인다. 사물의 진면목일 수 있다. 내면에 힘이 축적된다. 삼라만상의 실체가 보이고 느껴진다. 내면을 은밀하게 접촉하는 게 명상과 사색이다. 명상과 사색은 밖의 에너지를 끌어오기도 하고 내 안에 잠자는 에너지를 깨우기도 한다.

똑같은 사안을 두고 어떤 이는 만족해서 행복하다고 말한다. 부족해서 불행으로 여기는 이도 있다. 행복과 불행의 실체를 갓 태어난 병아리 암수를 감별하듯 찾아주는 게 명상과 사색이다. 부족하고, 불행하고, 불만족한 것들도 명상과 사색으로 만족과 행복으로 리모델링해주기도 한다.

내가 지금 깨어나 있는가, 잠들어 있는가를 확인하기 위해서 명상한다. 우리는 방금 지나온 길에 무엇이 있었는지, 방금 자신이 뭘 했는지조차도 알 수 없을 때가 있다. 의식이 잠들었을 때 무의식이 자신도 모르게 대행해 준다. 이때 명상은 나를 깨워준다.

명상과 사색을 일상으로 바꾸면 불행을 행복으로, 불만족을 만족으로 고쳐서 살아가도록 많은 도움을 준다. 걷기 명상, 먹기 명상, 쉬기 명상 등은 자신을 깨우는 일이다.

명상을 꾸준히 하다 보면 내 안에 넘치는 에너지도 확인할 수 있고, 불행이 행복으로 바뀌어가는 모습이 영화필름처럼 훤하게 보이는 경지로 이른다.

나는 매일 지나간 하루를 되새김질하며 글을 쓴다. 일기쓰기 명상인 셈이다.

많은 동작과 많은 말과 많은 접촉과 많은 생각들을 하며 지냈던 하루인데도 잘 보이지 않을 때도 있다. 생각을 챙기고 정신을 가다듬고 보낸 하루는 그 필름이 선명하게 보인다.

보약으로 육체의 건강을 증진시키고 사색과 명상으로 마음의 건강을 향상시킨다.

매일 새벽에 일어나 결가부좌를 틀고 앉는다. 명상이나 사색이라 굳이 이름 붙일 필요야 있겠는가. 그냥 심안을 크게 뜨고 '나'를 보기 위함이지.

숨기고 드러내기

남이 보지 못한 내 실수나 순간의 잘못을 얼른 숨겨버리고 싶을 때가 있습니다. 많은 돈을 가지고 어디론가 갈 때는 가방 속이나 지갑 깊숙이 꼭꼭 숨기고 싶습니다.

내가 잘하는 일도 때론 숨기고 싶을 때도 있습니다. 순간적으로 화를 낸 일도 숨기고 싶습니다. 나의 약점을 꼭꼭 숨기고 싶을 때는 더 많습니다. 진짜 사랑은 단단히 숨겨 놓고 해야 제 맛이 날 것 같습니다.

하고 싶은 말도 조금만 떼어서 드러내고, 숨겨 두는 여유가 있었으면 좋겠습니다. 집을 비우고 어디론가 가려고 하면 귀중품을 꼭꼭 숨겨 둡니다. 귀한 것일수록 꼭꼭 숨겨 놓은 버릇이 인간에게는 본능적으로 있나 봅니다.

내게 가장 소중하고 귀중한 부분, 도둑이 가져가고 싶은 것이 무언지 생각해 봅니다. 늘 밖에 노출시키고 있는 부분인지 안에 숨겨 둔 것이 더 소중한지 따져봐야겠습니다.

여성들은 감추어야 할 부분을 최대한 많이 드러내려고 경쟁하는 세상인가 봅니다. 젊은 여인들이 옷을 입고 다니는 걸 보면 몸뚱이를 감추려고 입는 건지, 더 많이 드러내려고 입는 건지, 도통 알 수가 없어 많이 헷갈립니다. 옛날 여인들이 자기의 몸을 많이 감추려고 애를 썼다면, 요즘은 더 많이 드러내지 못해서 안달인 것처럼 느껴집니다. 몸뚱이에 달린 부분은 과감하게 드러내 놓으면서도, 마음속에 들어있는 것들은 꼭꼭 감추려고 애쓰는 세상인가 봅니다.

인생살이에서 숨겨야 할 것과 드러내야 할 것 중 어느 쪽이 더 많은지 잘 모르겠습니다. 나는 자신도 모르게 숨기고 사는 것이 참 많다는 생각이 듭니다.

사람이 감추고 숨길 곳이 없다면 어떨까 하는 생각도 해봅니다. 저마다 숨길 것과 숨길 곳이 있어서 참 다행이라는 생각을 해봅니다. 지난날의 치부를 꼭꼭 숨기고 사는 것이 다행이라고 하는 이도 많은 것 같습니다.

마음속 깊은 곳에는 정말 많은 것들이 숨어 있는 비밀창고입니다. 좋은 것, 나쁜 것, 창피한 것, 부끄러운 것 등등 많은 것이 숨어 있는 마음속입니다. 만약에 엑스레이 투시경처럼 마음을 샅샅이 투시하는 기계가 개발된다면 좋을지 나쁠지 따져 봐야겠습니다.

숨기기에 여념이 없는 현대인들은 비밀창고의 마음이 정말 넓은가 봅니다. 감추면서 또 한편으로는 자기를 드러내려고 안간힘 쓰는 모순을 동시에 짊어지고 살아가는 게 인간인가 봅니다. 내 경험이 그러니 말입니다.

반만 감추고 반은 드러내면서 살아가는 지혜를 지녔으면 참 좋겠습니다. 돈처럼 꼭꼭 숨기고만 다닌다고 좋은 건 아닐 것 같습니다. 사람의 구조가 내장이 있고 피부로 둘러싸인 겉모습이 있는 건 숨기고 감추기 위해서인가 봅니다.

세상을 살아가려면 정녕 숨기지 않고는 살 수 없는 걸까요?

인생살이에서 드러내 놓지 않고는 못 견디는 것도 있습니다. 재주껏 숨기고, 드러내 놓으라고 인간이 이중구조로 되어 있나 봅니다.

나는 잘못한 건 많이 보여주고, 잘한 건 많이 숨기는 사람이 되기를 간절히 기도합니다만 잘 안 됩니다. 잘 안 되는 게 더 가치가 있을 거라고 생각하며 조금씩이나마 연습해 봐야겠습니다.

생각과 마음

거실에서 잔잔한 마음을 챙겨 창밖을 내다보니 커다란 상수리나무가 나를 바라보고 있다.

고색창연한 풍치를 안고 있는 종묘의 담장 너머 울창한 숲이 보인다. 늙은 상수리나무는 허공에다 수많은 가지들을 그려놓았다. 종묘를 조성한 지가 6백 년 가까이 됐으니 우람하게 가지를 뻗은 상수리나무도 6백 살은 넘었으리란 짐작이 간다. 백 년도 살기 힘든 나는 쭉쭉 뻗은 나뭇가지의 기상에 금세 주눅이 든다. 얼마나 많은 가지인지 한 번 세어보자. 이삼백 개를 세고 나니 헷갈려서 더 이상 셀 수가 없어 그만 포기한다.

거목 앞에만 서면 나는 그 가지들을 세어 보고 싶어진다. 나무의 가지가 많을까. 내 뇌 속에 저장된 정보의 가지들이 더 많을까 싶어서다. 내 맘속에 살고 있는 생각들도 나뭇가지만큼이나 많지 않을까 싶다.

내 안에는 셀 수 없을 정도로 많은 생각들이 일어났다간 어디론가 사라졌다가 또 생겨난다. 종묘 숲에 상수리나무의 잔가지보다 더 많지 않을까 싶기도 하다. 지금까지 살아오면서 내 입으로 만들어냈던 말들은 저 나뭇가지보다 더 많을지 모르겠다. 남을 미워했던 생각들이 저 나뭇가지처럼 많지 않았으면 좋겠다.

내 생각의 가지들도 상수리나무처럼 노출되어 형태가 있다면 남에게 좋은 생각을 가졌던 숫자는 얼마나 될지 세어볼 수 있으련만.

남을 미워했던 것과 사랑했던 생각 중 어느 쪽이 더 우세할까. 나뭇가지를 세다가 어느새 내 안의 지나간 생각의 가지들을 세어보고 있다. 아무리 따져 봐도 지금까지 살아오면서 키워온 생각의 가지들이 저 상수리나무 가지보다 훨씬 많을 것만 같다.

저 상수리나무는 자기 자신을 숨기지 않고 솔직하게 밖으로 내뻗으며 살아왔다. 나는 저 나무와는 반대로 생각의 가지들을 속으로만 감추며 살아왔다. 남들이 쉽게 볼 수 있도록 밖으로 뻗어 왔었더라면 어떨까. 끔찍하다. 고개가 저절로 가로저어진다.

지난 세월의 생각 가지들을 심안을 크게 뜨고 샅샅이 살펴본다. 이 순간도 내 안에는 수많은 마음이나 생각의 가지들이 쑥쑥 자라고 있다. 좋은 것, 나쁜 것 가리지 않고 마구 자라고 있다. 살아있는 동안 또 얼마나 많은 생각과 마음의 가지들이 돋아날까.

내면에서 돋는 생각과 마음의 가지들을 타인이 볼 수 있게 밖으로 드러내 놓고 키워가며 살았으면 참 좋겠다 싶지만 솔직히 그럴 자신이 내겐 없다. 상수리나무처럼 밖으로 쭉쭉 뻗어나가게 키울 수 있다면 남들이 먼저 가지치기를 잘해 주지 않겠는가.

내 생각과 마음의 가지들을 조금씩이라도 밖으로 드러내는 연습이나 열심히 해야겠다. 상수리나무처럼 늠름하게 키워낼 자신

은 없지만 끊임없이 돋아나는 생각과 마음의 가지들을 많은 사람
들이 늘 지켜보고 있다는 걸 잊지 않고 살고 싶기도 하다. 하루에
도 수천만 번씩 싹이 돋아나는 생각들을 찬찬히 살펴보며 살아보
리라.

생각과 마음은 한 종자의 씨앗이 아닌가 싶은데 굳이 사람들
은 분류하려고 한다. 마음과 생각이 각각 다른 종이라고 분류하
거나 한 종자로 생각하거나 따져 뭐하겠는가. 그것이 움트고 자
라고 있는 걸 한순간도 놓치지 않고 심안으로 똑바로 바라볼 수
만 있다면 더 바랄 게 뭐 있겠는가. 명상과 사색의 눈을 더 크게
떠야겠다.

'마음아, 생각아, 내가 늘 너를 지켜보고 있으니 어지간히 출싹
대라!'

끝없는 질문

대자연계는 살아 있는 생물들에게 숙제를 내준 것이다. 숙제를 풀지 못한 생명체들은 일찍이 도태되어버린 것이다. 숙제라는 건 곧 질문이다. 대자연의 질문을 풀지 못하는 생물은 앞으로도 살아남기 힘들 것이다.

대자연계에는 모든 질문의 해답이기도 하다. 질문을 잘한다면 살아있는 삶, 깨어있는 삶, 마음 챙김의 삶이 될 것이다.

어떤 연구에 따르면 학생들이 수업할 때 1시간 동안 교사가 학생들에게 평균 80번의 질문을 하고 학생들은 교사에게 단 2번의 질문을 했다고 한다. 언뜻 생각하면 그 반대의 비율이 옳을 거란 생각이 든다.

학생의 질문과 선생의 질문은 그 내용이나 의미가 완전히 다르다. 선생이 학생에게 하는 질문은 알고서 하는 것이고 학생은 모르기 때문에 하는 질문이다. 선생은 학생의 확실한 이해를 위해 질문하고, 학생은 더 잘 이해하려고 질문한다.

두 질문이 똑같이 이해라는 목표지만 한쪽은 알고, 한쪽은 모르고 하는 것이기에 그 의미에 대해서는 현격한 차이가 난다. 인생은 단 한 번이기에 누군가에게, 무엇인가를 늘 물어보면서 살아야 한다. 스스로에게 질문을 자주 하며 산다면, 아마 지혜로운 인생살이가 될 게다.

나는 돈을 쓰면서 돈에게 왜 쓰지 않으면 안 되는지를 가능한 질문을 한다. 명예를 가진 이도 명예에게, 사장은 사장자리에게 자주 질문을 한다면 좋을 게다. 연인끼리도, 부자지간에도 질문을 자주 한다면 자리 이탈은 하지 못할 것이다. 시간에게도 질문을 자주 하면서 보내고, 맞이한다면 더 나을 듯싶다. 처음 길은 자주 물어가며 걷듯 인생길도 자주 물어보며 걷는 게 좋지 않겠는가.

알면서도 질문하는 이는 철학자이거나 학생을 가르치는 선생이다. 자기에게 자주 질문하는 이는 자신을 가르치는 선생이다. 매일 새로운 길을 가는 게 삶이라면, 자기에게 자주자주 물어보며 걸어야 하리라.

하루의 생활을 온통 질문으로 바꾸어 보자고 다짐한다. 질문하며 산다는 건 깨어있는 채로 살아가는 모습이다. 깨어서 산다는 건 의식에게 모든 걸 위임하고 살아가는 것이다. 질문의 생활은 의식이 지배하는 삶이라 할 수 있겠다.

무엇인가를 하면서 지금 나는 왜 이 일을 꼭 해야 하는가? 나는 지금 왜 이 사람을 꼭 만나야 하는가? 저렇게도 생각할 수 있는데, 나는 왜 이렇게 생각하고 있는가?

자신에게 묻는 건 명확한 답이 있는 질문일 수 있다는 건 자기가 자기를 잘 알기 때문이다. 매시간 매순간 질문을 하면서 사는 건 살아서 살아가는 모습이다. 질문하면서 사는 건 잠자지 않고 살아가는 모습이다.

질문하지 않고 지낸 하루는 고깃덩어리가 바쁘게 돌아다닌 느낌이 든다. 많은 질문을 하고 지낸 날은 잠자리에 들 때 마음이 뿌듯함을 느낀다. 묻는 그 자체가 답이라는 걸 터득할 때까지 계속 질문을 해야 한다. 질문은 바로 내 자신이며 나의 인생이라 나는 또 질문을 한다.

세상은 참 아름답다

"이 동영상 좀 봐. 가수 ○○○ 아니야?"

"아니야, 그냥 이름 없는 사람이야!"

옆 벤치에 앉아 있는 젊은 남녀가 스마트폰 동영상을 보면서 이야기를 나눈다.

아저씨가 지나간다. 할머니 한 분이 또 지나간다. 인기인이 화젯거리가 된다는 건 어제오늘의 일이 아니다. 연예인이나 인기인에 기준하면 지금 지나가는 할머니와 아저씨는 이름 없는 사람이다. 분명 이름이 있겠지만. 유명세를 타면 이름이 있고, 그렇잖으면 이름이 없는 셈이다. 대중이 알아볼 정도로 이름을 남기지도 못하고 가는 것도 억울한데 살았을 때부터 이름 없는 사람이란 말을 들어야 하니 참 기가 찰 노릇이 아니겠는가.

평소엔 예사로 지나다녔는데 잔디밭이 오늘따라 짙푸른 바다처럼 느껴진다. 까뭇까뭇한 검은 깨알을 붙여 놓은 것 같은 꽃 대공에 하얀 꽃잎이 만발했다. 진달래나 개나리, 벚꽃 같았다면, 아하!

환호했을 게다. 아무도 감탄하지 않는 잔디꽃 감상을 독차지하고 있으려니 마음이 흐뭇해진다. 이름 없는 할머니가 보퉁이를 들고 힘들게 걸어갈 때에 이름 없는 젊은이가 다가가서 들어주는 풋풋한 전경을 보는 때도 아마 이런 느낌일지 모르겠다. 이름 없는 나도 오늘 이 자리에서만은 정말 마음이 평온하다.

건너편 벤치에 여인 두 명이 다가와서 잔디밭에 머물러 있는 내 시선을 가로막는다. 보려고 하지 않아도 보여주는 인간 잔디꽃인가 싶어 눈여겨 살펴본다. 이야기에 집중하느라고 한 짬도 쉬지 않고 입이 바쁜 여인들이다. 손짓 발짓 몸짓까지 다해도 모자라는지 온 몸뚱이가 말을 하고 있다. 한 순간도 정지하지 않고 이야기에 열을 올린다. 어쩌면 저렇게 입담이 좋은지 신기하다. 소리는 들리지만 말은 들리지 않는다.

성직자가 성당이나 사찰에서 하는 설법이나 설교처럼 들어 봐야 겠다. 노선사의 설법으로 들으련다. 잔디밭에 만발한 잔디꽃을 보듯 설법을 듣자. 마음의 귓문이 더 쫑긋해진다.

만물은 아름답게 보면 아름답다. 아름다운 소리를 들으려고 하면 아름다운 소리가 들린다. 내 마음의 귀에는 그렇게 들리고 있다. 소리는 들리지 않지만 말은 알아듣는다. 잔디밭에 만발한 잔디꽃을 보지 못하고 지나가는 사람들처럼 아무도 그들의 말소리엔 관심이 없다. 하지만 이상하게 내 귓가엔 그들의 말소리가 잘 들린다. 소리 없는 말이다.

두 여인의 소리는 아름다운 말이다. 누군가의 흉을 보고 있을지라도 내 귀엔 그렇게 들린다. 꽃이 만발한 잔디밭을 다들 그냥 지나갈지라도 나는 그 꽃에 감격한다. 아름다운 말, 좋은 말소리로 해석

한다. 아름다운 여인들의 예쁜 입에서 나오는 소리는 참 아름다고 단정하고 싶다. 아마, 그럴 것이다. 틀림없을 게다.

인간의 말은 그냥 듣지 말고 해석하며 들어야 한다. 똑같은 말을 들어도 기분 좋기도 하고 나쁘기도 한 것이 듣는 이의 해석에 따름이다.

꽃은 아름답게 해석해야 아름답다. 잔디꽃도 아름답게 해석하니 참으로 아름답다. 만사를 아름답게 해석하면 다 아름다운 걸, 작디작은 것일지라도, 이름 없는 이름일지라도, 모두모두 아름답게 해석하면 더 아름다워지리라.

나는 벤치에 앉아서 한참 동안 아름다운 생각을 한다. 세상이 죄다 아름답다. 삼라만상이 내게로 미소를 지으며 다가오고 있다. 소리 없는 말을 하면서 걸어오고 있다.

약삭빠르게 사는 공부

유리창의 문 크기로 보이는 중간을 보고도 나는 느티나무인 줄 금방 알아본다. 느티나무도 벤치에 앉아서 커피를 마시는 상반신만 보고 나를 알아본다. 조금만 보고도 알 수 있는 게 세상엔 참 많다는 생각이 든다.

강아지 귀만 보고도 개라는 걸 안다. 꼬리만 보고서 고양이인 줄을 안다. 걸어가는 뒷모습만 보고도 같이 사는 식구 중 누구란 걸 명확히 알 수 있다. 목소리만 듣고도 누군지, 손톱을 보고도 같이 살아온 식구라면 누군지 알 수 있다. 느티나무는 나보다 오래 살았기에 더 잘 알 거란 생각이 든다.

커피를 마시며 앉아 있는 벤치 앞을 누군가 지나간다. 여자 청년은 창밖의 느티나무처럼 일부분만 보인다. 여자인 줄을 알 수 있다. 애써 가린 건지, 애써 드러낸 건지, 그건 내가 명확히 알 수가 없다.

거리를 지나는 여성들을 보면 가리려고 하는 건지 드러내려고 애쓰는 건지 참 많이도 헷갈린다. 아슬아슬하게 드러낸 건지 가린 건지도 불명확하다. 옷을 입은 건지, 약간만 가린 건지, 자세히 보기가 민망할 때도 있다. 드러내려고만 애쓰는 현대여성들의 내부엔 뭐가 들어있는지가 또 궁금하다. 마음에 있는 게 드러낸 몸뚱이보다 더 좋다면 그것부터 드러내고 다니면 보기에도 한결 좋으련만. 이도 내 짧은 소견일지 모르겠다.

식어가는 커피를 다시 입에 대며 느티나무에게 또 물으니, 감추려고 하거나 드러내려고 안간힘을 쓰는 건 지구상에서 인간뿐이라고 대답해준다. 느티나무는 자기를 나타내려거나 감추려들지 않고 그냥 있을 뿐이란다. 인간이 자기를 나타내지 못해 안달하는 것과는 너무 대조적이기도 하다. 느티나무의 말을 듣고서 나는 인간이 무엇을 감추고 뭘 드러내려고 애쓰는지가 헷갈리기 시작한다.

인간처럼 무엇을 배우려고 애쓰는 것도 좋은 건 아니라고 느티나무는 말한다. 자식들을 학교라는 벽돌 속에다 가둬 놓고 엄청난 돈을 들여가며 가르치기에 혼신을 다하는 인간들을 느티나무는 잘 안단다. 느티나무는 인간들이 뭘 그렇게 열심히 배우고 싶어 하느냐고 내게 되물으며 시니컬한 미소를 보낸다.

나는 느티나무에게 꼭 맞는 대답을 해줄 재간이 없어 머뭇거리기만 한다. 요즘 한창 열을 올리는 고액과외란 게 인생을 발전시키는 건지 후퇴시키는 건지도 모르겠다.

내가 선뜻 대답을 하지 못하고 머뭇거리고 있으려니 느티나무는 계속 고개를 갸우뚱한다. 내 자신도 세상 살아가는 법을 몰라 고민하고 있는 중이어서, 책에서라도 배우고 싶어 자주 도서관으로 온다고 느티나무에게 하소연한다.

　엄청나게 많은 재력을 투자해서 자식들을 가르치는 그 이유를 느티나무는 알고 있다고 넌지시 말한다. 느티나무가 "남을 짓밟으며 나만 잘 사는 방법을 가르치는 거래!" 내게 슬며시 귀띔해준다. 나는 고개를 끄덕이며 느티나무에게 다음에 또 만날 약속을 하며 아쉬운 이별을 하고 집을 향해 걷는다.

거리의 침묵

오늘도 커피 한 잔을 자판기에서 뽑아 들고 늘 앉던 벤치에 앉는다. 정독 도서관에서 잠시 휴식을 취할 수 있는 곳이다. 창밖으로 보이는 느티나무와 시선이 마주친다.

느티나무는 언제나 그 자리에 그대로 서 있다. 자판기에서 커피를 뽑아서 마실 때면 늘 내가 앉는 그 자리다. 나는 한참 동안 느티나무를 무심하게 바라본다. 내면이 보인다. 느티나무의 침묵언어가 들려올 때까지 앉아서 바라본다. 느티나무와 내가 대화를 시작하는 시점이다. 서로의 내면이 열리는 순간이다. 느티나무의 마음과 내 마음이 서로 교류하기 시작한다.

어떤 사물이든 집중하여 관조하다 보면 그 사물의 내면이 보이기 시작한다. 더 지나면 그 사물은 말을 걸어온다. 침묵언어가 들린다. 묵언대화를 시작하게 된다.

"너는 오늘 뭘 하느라고 하루를 벌써 3분의 2정도나 토막을 내버렸니?"

느티나무의 침묵언어가 내 영혼의 깊숙한 곳으로 삼투현상이 일어나고 있다.

"나는 오늘 한 일이 정말 많았지."

"뭘 했는데 그렇게 당당하니?"

"새벽에 일어나서 스트레칭을 40분 했고, 108배를 끝내고 단전호흡을 하고, 명상도 하고, 아침 설거지도 하고, 집안 청소도 하고, 책도 한 권 읽었고, 6개 신문의 사설까지 다 읽었어."

"허어, 그게 뭐가 대단한 것처럼 자랑을 해대니?"

"그러는 느티나무 너는 뭘 했다고 내가 한 일들을 과소평가하는 거야?"

"네 눈엔 내가 아무것도 안 하고 그냥 있는 것처럼 보이겠지. 니들 인간이란 동물들은 원래 자기 생긴 것만큼, 자기 눈높이만큼, 자기 마음 넓이 만큼밖에 보지 못하니 참 한심하지, 한심해!"

"……?"

"니가 사색하고 명상한다는 게 다 쓸데없는 짓거리야. 나는 말이야, 그런 거 절대로 안 하지. 태양이 나오면 자연스럽게 받아들이고 그냥 호흡하고 구름과 비와 만나는 자체가 대화고 명상이고 사색이란 말이야."

"자연스럽고, 그냥이 명상이라고?"

"이름을 짓고 매사에 경계를 만드는 건 명상도 사색도 아니야. 연천한 너하고 대화를 하려니 내 자신이 한심하단 생각이 드는구나. 어디에도 얽매이지 말아야 해. 그냥 가만히 있는 자체에 모든 의미가 있는 게지."

"인생이 얼마나 길다고 그냥 가만히 있으면서 어떻게 살아? 그 태평한 소리 그만 해라. 나무야 원래 가만히 있으면 저절로 살아질지 모르지만 인간은 산다는 자체가 처절한 싸움이란 말이야.”

“니들 인간처럼 뭔가를 하려고 나부대면 그건 하는 게 아니고 삶을 역행하는 거지. 알고 그냥 사는 게 아니고 모르고 그냥 살아가는 것밖에 안 된단 말이지.”

“뭐라고? 부지런히 살아도 살아갈까 말까 싶은 세상에서 가만히 그냥 있으라고? 점점 어려운 말만 하지 말고 좀 쉽게 말해 봐라.”

“너 무위(無爲)라는 것 모르지? 진정한 유위(有爲)는 무위의 뿌리에서 시작되는 거야. 어휴, 오랜만에 말을 너무 많이 하고 나니 숨이 다 차네.”

“무슨 말을 많이 했다고 벌써 그러니. 나는 이제 시작인데.”

“원래 말은 말이 아니야. 침묵과 묵언만이 진정한 말이지. 내 침묵언어를 조금이라도 알아들을 수 있는 너인 줄 알고 이따금씩 묵언대화를 나누었는데 오늘 보니 영 형편없구나.”

“나는 네게 지금까지 침묵언어와 묵언대화를 배우고 있지만 그게 어디 쉬운 일이니?”

“말하기 이전에 통하는 게 말을 제대로 아는 거란다. 말을 하지 않고 전달하는 말이 가장 현명한 말이지. 오늘은 너무 말을 많이 한 것 같구나.”

갑자기 느티나무가 말문을 닫는다.

‘아차, 내가 너무 말이 많았구나!’

말이란 그냥 하는 게 말이 아니다. 넋이 있는 게 말이다. 아무리 많은 말을 많이 쏟아 낸다고 한들 그 내부에 살아있는 넋이 없는 게 무슨 말이겠는가.

정독 도서관에만 가면 느티나무와 마주 앉고 싶다. 우리는 마주하기만 하면 묵언대화가 저절로 이루어진다. 말 이전에 우리는 서로 통한다. 이는 묵언대화에서만 존재하는 일이다.

느티나무와 나 사이엔 얼마간의 침묵대화가 아닌 그냥 침묵이 흐른다. 침묵대화가 아닌 그냥 침묵이 흐르고 있을 뿐이다. 바라보기만 해도 그냥 이어지는 정기의 흐름이 묵언대화에서 일어나는 일들이다. 나는 어느 누구를 만나서 대화하기보다는 느티나무와 묵언대화를 할 때 더 많은 의미를 느낀다.

도서관에서 집으로 돌아오면서 길과 묵언대화를 한다. 길은 수많은 사람들을 만나면서 수많은 사람들에게 묵언대화를 시도했지만 그 침묵언어를 알아듣는 이가 많지 않다고 한다. 길가에 서 있는 가로수도 내게 묵언대화를 한다. 오가는 사람들을 바라보면서 자기가 꼭 길가에 서 있어야 할 의미의 철학을 침묵언어로 말해주지만 알아듣는 이가 별로 없다고 한다. 신호등의 침묵언어가 들린다. 많은 사람들이 자기 앞에 서서 자기를 바라보지만 자기가 그들에게 보내는 메시지를 겉으로만 알아듣는다고 한다. 그 내면의 영혼의 소리와 의미를 알아듣는 이가 별로 없노라고 내게 침묵으로 말해준다.

집에까지 오면서 눈앞에 전개되는 모든 사물들을 관조하며 걷는다. 모든 사물들마다 자기가 꼭 그 자리에만 있어야 할 이유를 침묵으로 말해준다. 집에까지 걸어오는 내내 침묵언어를 들으며 걷는다. 부스스 깨어나는 영혼의 소리가 들려온다.

'세상만물의 내면의 소리부터 들어야 본질을 알 수 있는 법이다!'

느티나무는 내게
무심으로 살라는데

나는 커피를 마시며 느티나무를 바라본다. 아니, 우리 둘은 같이 커피를 마시고 있는 중이다. 바람 한 점 없는 날씨 탓인지 느티나무는 미동도 않는다. 그냥 서 있다. 앉아 있는 건지 서 있는 건지 내가 느티나무가 아니라 명확히 알 수는 없다. 내 눈엔 서 있는 걸로 보일 뿐이다.

햇빛에 반사되어 반짝이는 이파리들의 혈색이 참 좋아 보인다. 5분, 6분, 7분이 지나도록 집중해서 바라보니 이파리들이 미동도 않는 게 아니다. 간지러운가 보다. 알아채지 못할 정도 미세하게 움찔거린다. 집중하지 않으면 알아 볼 수 없을 미미한 움직임이다. 미풍에 간지러워서 웃는가. 미소를 짓는다. 이파리들끼리 침묵대화를 하고 있는 중이다.

"니들은 오늘 기분이 무척 좋은 모양이구나!"

내가 먼저 침묵언어로 메시지를 보낸다.

"왜 그렇게 생각하는데?"

이파리들은 일제히 나에게로 얼굴을 돌린다.

"오늘같이 춥지도 덥지도 않은 날씨에 햇볕을 쬐고 있으니 니들이 기분 좋을 것 같아서."

"그건 니 생각이고 난 기분이 좋은 게 아니야."

그중에서 제일 넓은 얼굴의 이파리가 미풍에 휘청거리며 대답한다.

"왜, 무슨 안 좋은 일이라도 있어서 기분이 나쁜 거야?"

나는 느티나무가 기분 나쁘게 보여서 물어본다.

"나쁘지는 않아."

"아까 기분이 좋은 게 아니라고 했잖니."

"기분이 좋은 게 아니라고 했지, 누가 나쁘다고 했남."

"그 말이 그 말 아닌가?"

"너희 인간들처럼 나쁘지 않다면 좋은 거고, 좋지 않다면 나쁘게 생각하는 그런 이분법적인 사고가 아니란 말이야, 우린."

"그럼 지금 너의 기분은?"

이상하게 오늘은 오래토록 바라보고, 관조하고 있지만 서로의 대화가 설은 것 같다. 나는 묵언대화의 실마리를 어떻게 풀어볼까 잠시 생각해 본다.

"난 지금 기분이 나쁘지도 않아. 그렇다고 또 기분이 좋지도 않아."

"그건 또 무슨 궤변이니?"

"난 늘 한결같단 말이지. 나쁘지도 좋지도 않은 그런 기분 말이야."

"오늘은 점점 알아들을 수 없는 말만 하네."

내가 분명 대화의 실마리를 잘못 잡은 게 분명한 모양이다. 내 생각으로만 달리면서 어떻게 묵언대화를 할 수 있겠는가. 내가 나만이 아니고, 네가 너만이 아닐 때라야만 대화는 이루어지는 거다.

갑자기 내 생각이 거기에 미치니 다시 더 침묵하고 싶다. 나무와 대화를 자주 하지만 쉬운 게 아니란 걸 늘 느낀다. 억지로 대화를 하려는 것보다 자연스럽게 있을 때만이 묵언대화가 쉽게 이루어진다. 그것이 어디 꼭 나무뿐이겠는가. 사물과 대화는 침묵일 때만 가능하다. 다시 느티나무에게 묵언대화를 하고 싶다.

"너는 기분이 좋고 나쁨에 흔들리지 않는다고 하지만 폭우가 억수같이 쏟아진다거나 폭설이 불어대도 아무렇지도 않다는 거니?"

"비바람, 폭풍이 날뛰면 이파리 떨어뜨려 주고 더 담담해지지. 눈비가 휘몰아치면 나는 더 마음이 담담해진단다. 기분의 좋고 나쁨에 흔들리지는 않아야 된다, 이 말이야."

이파리가 무슨 말을 하려는 걸 막아서며 줄기가 말한다. 이파리보다 줄기는 정말 든든해 보인다. 오랜 풍상을 겪어온 담담함이 그의 얼굴에 그려져 있다. 얼굴의 옹이는 인내의 훈장이다. 거칠거칠한 얼굴이 오늘따라 한없이 늠름해 보인다.

"나는 언제쯤이나 너의 흉내라도 낼 수 있을지 정말 부럽다."

"너도 나처럼 욕망도 버리고, 집착도 갖지 말고, 욕심도 버리고 서 있는 자기 자리에서, 앉은 자리에서, 사는 자리에서, 모든 걸 묵묵히 받아들이고 살아봐."

"네 말이 절대로 옳지만 인간으로 태어난 나는 그러기가 정말 힘들다."

"그렇게 산다는 건 매사에 침묵하고, 묵언하고, 잘난 체하지도, 남 설득하려고도 하지 말고, 자기를 먼저 설득해 봐. 내가 일러주는 대로 받아들여 봐. 그냥 살아가는 게 최상의 삶이야. 살려고 하지 말고 살아지는 대로 한 번 살아보란 말이야. 무상으로 주는 햇볕과

바람과 비를 절실하게 고맙게 생각했던 적이 있니? 매사를 감사로
바꿔봐."

"그래, 난 한 번도 그런 것들에 진심으로 감사해 본 적이 없어."

"너도 나처럼 모든 것에 감사하며 그냥 묵묵히 살아봐. 나처럼 오
래오래 살 수 있을 거야. 너희 인간들은 욕심 때문에 오래 살지 못
한다는 생각이 들어."

나는 느티나무에게 고개를 끄덕이며 찻잔을 내려다본다. 커피가
차갑게 식었다. 그렇다, 나는 지금까지 억지로 살려고만 해왔다. 그
냥 사는 법을 모른다. 남은 커피를 훌쩍 털어 마신다. 맛을 느끼려
고 애쓰지도 말자. 달다 쓰다 경계를 짓지 말자. 기분이 좋고 나쁘
다고 분별력을 갖지도 말자. 조금 남은 커피를 입에 털어 넣는다. 생
각 없이 묵묵히 마신다.

느티나무가 나를 향해 미소를 짓는다. 이파리들이 하얀 이빨을
드러내고 자잘한 미소를 보내고 있다. 나는 벤치에서 일어난다. 내
마음도 기분도 생각도 드넓은 허공으로 활개를 치며 훨훨 날아가고
있다.

양반걸음

사람이 생명이 다했을 때 이르는 말로, 죽었다, 갔다, 운명했다, 숨졌다, 절명했다, 저승 갔다, 하늘나라에 갔다, 돌아가셨다 등등 대충 헤아려 봐도 20여 가지가 넘는다. 그중 '돌아가셨다'는 말만큼이나 우리네 생활의 관성에 젖은 말도 드물 것 같다. '돌아갔다'란 어떤 물체가 일정한 축을 중심하여 둥글게 움직이다, 어떤 테두리 안에서 차례로 전하여지다, 가까운 길을 두고 먼 길로 가다 등의 뜻으로도 쓰인다.

사후에 장사를 지내는 방법은 시대와 장소, 역사적 배경, 신분, 문화적 소양에 따라 천차만별이다. 요즘 우리의 장사지내는 풍습은 화장, 무덤을 쓰는 경우가 대부분이다. 무덤은 평장이 아닌 봉분을 주로 쓴다.

그 생김새를 보고 어떤 이는 우리 민족의 탄생설화에 자주 등장하는 난생설화(卵生說話)를 들어 알과 같이 둥글게 만들었다고 보기도 한다. 하지만 나는 무덤을 볼 때마다 임신한 여인의 배부른 모습이 먼저 연상된다. 무덤 뒤쪽에부터 양쪽으로 두둑한 언덕을 만들어 반원처럼 두루친 것은 여인의 양쪽 나팔관으로 상징된다. 봉분의 뒷부분이 뾰족하게 내민 건 마치 태아가 탯줄로 어머니에게 매달려 있는 것 같다. 이는 죽은 사람이 어머니 뱃속으로 되돌아가고자 하는 집단적 무의식욕구가 아닌가 싶은 생각이다.

집단적 무의식이란 개인의 무의식 속에 존재하는 공통적이고 보편적인 내용으로 융의 개념에서 비롯된다. 이는 조상들이 경험한 내용들이 본능적 반응 또는 조상의 행동양식이나 해석, 방법 등을 포괄한 광범위한 뜻으로 쓰이는 개념이라고도 볼 수 있겠다.

심리학자들이 말하는 집단적 무의식 현상의 예로는 개는 아무 데서나 잠을 자는 습성을 지니고 있는데도 집을 만들어 주면 개가 좋아할 것이라는 생각에서 집을 지어 주는 행위라든가, 올라가는 것은 성공을 뜻하고, 내려가는 것은 실패라고 느끼는 것처럼 우리들이 무의식적으로 느끼고 행하는 것들을 말한다.

언제, 누구로부터, 무덤을 임신한 모양으로 만들기 시작했는지 자세히는 알 수 없지만 사람이 죽어서 모태로 되돌아가고자 하는 일종의 회귀본능이라는 우리 민족성을 암시해 주는 게 아닐까. 사람이 죽었을 때 '돌아갔다'는 말의 뜻은 우리 민족이 지정학적으로 북방에서 남하했을 가능성 때문에 북쪽의 고향으로 되돌아간다는 의미로도 해석할 수도 있겠다.

제사 때 북쪽에 신위를 정한다. 집의 구조로 꼭 북쪽을 향하기 어려울 때는 왼쪽을 '동'으로, 오른쪽을 '서'로 하여 위치를 정해서 북방으로 삼는다. 구식 혼례식에서 존안례 혹은 전안례(奠雁禮)라는 게 있다. 혼인할 때 신랑이 신부의 집에 기러기를 안고 가서 상위에 놓고 절하는 예인데 나무로 깎은 기러기나 혹은 산 기러기를 썼다고도 한다. 이때도 북향재배를 한다.

사람의 죽음과 북쪽 방위는 무관치 않은 것 같다. 그 외에도 각종 민속에서 북쪽을 신성시하는 것을 흔하게 볼 수 있다. 사람이 죽어서 꼭 북쪽 고향으로 돌아간다는 뜻으로만 볼 수 없는 일이다. 우리 민족의 생활감정 속에 북쪽을 신성시하는 까닭에 그런 해석을 해볼 수도 있지만 꼭 그런 것만은 아니라고 생각한다.

옛날에는 하루의 시간 단위가 열두 시간이었다. 요즘에도 농촌에서는 날짜보다는 절기에 맞추어 파종을 하기도 한다. 1년의 열두 달과 하루의 열두 시간을 십이 간지(十二干支)에 맞춰 썼다.

즉 인묘(寅卯)는 아침이며 방위는 동이고, 계절은 봄이고 청색으로 상징한다. 사오(巳午)는 남쪽 방위며 적색, 낮이며 여름으로 상징. 신유(申酉)는 서쪽이며 백색, 저녁과 가을을 뜻한다. 해자(亥子)는 북방이고 밤이며, 겨울이고 검은 색이다. 이 사이에 진, 술, 축, 미(辰戌丑未)는 하나씩 끼어들어 간방위를 의미한다. 계절이 바뀌는 중간을 의미하며 이 간방위는 중앙을 뜻하며 오행(五行)으로는 토(土)라 하는데 이 중앙을 축(軸)으로 계절과 하루의 시간대를 원으로 상징하며, 늘 돌아가는 것으로 생각하고 있다.

요즘도 손 없는 날 이사나 출행을 하는 사람이 많다. 이는 잡귀가 사방위로 돌아다니면서 사람의 활동을 방해한다고 한다. 1, 2일은 동쪽, 3, 4일은 남쪽, 5, 6일은 서쪽, 7, 8일은 북쪽에 손이 있고 9,10일은 사람의 일을 해친다는 손이 하늘로 올라간다고 한다. 손 없는 날 즉, 귀신이 하늘로 올라가는 날을 택해서 이사와 출행을 하면 탈이 없다는 오랜 민속이 전해지고 있다.

　태양이 동쪽에서 뜨듯 하루나 시간 등도 언제나 동쪽에서 시작되어 하루와 한 달과 일 년의 기준은 동쪽에서 시작하여 '돌아간다.'로 되어 있다.

　사람이 태어나서 청년기를 거쳐 노년기에 이르면 밤이고, 죽음을 맞게 되는 '돌아가다.'의 마지막 지점에 이르게 된다. 밤은 죽음의 상징이고 인생의 정리 기간이며 방위는 북쪽에 해당된다. 아침부터 밤까지나 봄·여름·가을·겨울의 도착지점이 모두 돌아가는 원리인 셈이다.

　사람들은 아득한 옛날부터 겨울에 죽었다가 봄에 다시 살아나는 초목과 씨앗들을 보아 왔다. 겨울의 죽음이 봄에 살아나는 것, 즉 모든 만물의 돌아가는 체험 속에서 삶과 죽음을 동일시하고자 하는 윤회적(輪回的)사상을 답습해왔던 것이다.

　해가 동쪽에서 떠 남쪽으로 거쳐 서쪽으로 기울면 밤이 되듯, 인생도 이 주기를 따라 순리대로 고종명(考終命)한 사람을 '돌아갔다'고 해야 옳은 말이다. 인생은 4막 24장의 연극무대, 즉 4계절 24절기의 무대라고 볼 수 있겠다. 봄에 등장했다가 여름이나 가을에 퇴장하는 비운의 배역을 맡은 사람에게는 '돌아갔다'고는 말할 수 없다.

　'돌아갔다'는 말이 죽어서 북쪽 고향으로 간다는 의미만이라면 한 살이나 열 살에 죽은 아이도 '돌아갔다'고 해야 옳은 말이겠지만 그렇지 않은 이유도 여기에 있지 않은가 싶다. 순리대로 한 바퀴를 돌지 못해 '돌아갔다'는 말을 하지 않는 게 아닌가 싶은 생각이 든다.

　회갑이란 말은 첫 갑에서 시작해서 60년 만에 원점으로 되돌아온다는 뜻으로 회(回)자를 쓰거나, 혹은 주갑(周甲), 환갑(環甲), 환력(還曆) 등으로 쓰기도 한다. 모두가 원을 중심으로 돌아간다는 뜻의 글자들이다.

환갑이 지나면 남의 나이를 먹기 시작한다고 한다. 나무의 나이테처럼 원을 그리며 나이를 먹는 것도 사람이다. 이런 원의 사상에서 우리 선조들은 직진을 한다거나 중간을 질러가지 않는 삶의 여유를 익혀 왔던 것이다.

현대인들은 어찌된 심사인지 돌아가는 걸 싫어한다. 빨리빨리 문화가 정착되어 저승길도 질러가고자 하는 성급함으로 치닫는 까닭에 자살률이 높아지는 게 아닌가 싶은 엉뚱한 생각도 든다. 나 역시 컴퓨터 앞에 앉으면 단 몇 초 사이에 클릭이 되지 않아 안달을 내는 것도 숨길 수 없는 사실이다.

'만장가'에 보면 '저승길이 어딘가 했더니 건너 산이 북망일세' 하는 구절이 있다. 집에서 건너편 산이 저승과 이승의 거리라면 몇십 킬로 거리쯤은 될 터인데도 사람들이 바쁘게 서둘러대는 걸 지켜보면 진짜로 불과 몇 미터 앞에 저승이 보여서 그러는가 싶기도 하다.

빨리 달리고자 하는 차량의 유리창 두께나, 주문한 물건의 독촉을 해대는 걸 보고 있으려니 저승과의 거리가 불과 몇cm밖에 되지 않다는 느낌까지 들기도 한다. '빨리빨리'를 일컬어 군인문화의 소산이니, 산업사회의 피치 못할 유물이라고는 하지만 우리는 아직도 '돌아갔다'는 말을 쓰고 있으니, 우리네의 가슴속엔 선조들의 돌아가는 여유로움의 인자가 남아있지 않을까.

옛 선조들의 여유로운 팔자(八字)걸음은 어디로 가고, 앞뒤 분간 없이 달리기만 하려는 건지. 자연의 순리에 따라 돌아가는 길만이 정도로 삼아왔던 선조들의 지혜를 더듬으며 나도 '팔자걸음(양반걸음)'이나 배워서 천천히 '돌아가는' 연습이나 해보련다.

28 노인과 온돌방

정든 땅 언덕 위에 초가집 짓고 낮에는 밭에 나가 길쌈을 매고 밤이면 사랑방에 모여 새끼를 꼬며 살아간다는 낭만을 노래한 것이 60년대 초까지였다. 소박한 농촌의 풍경이 어느덧 70년대에 들어서는 저 푸른 초원 위에 그림 같은 집을 짓고, 라는 대중가요가 유행하면서 농촌의 초가집이 완전히 사라졌다. 그림같이 예쁜 집을 원했던 것도 잠시였고 어느새 시멘트 숲으로 변해버리고 초가집은 이미 전설 속으로 사라지고 말았다.

가던 길을 잠시 멈추고 종묘공원의 벤치에 앉는다. 공원을 가득 메운 노인들의 얼굴에서 잊혀져간 옛날이 떠오르며 자화상으로 다가온다. 삼삼오오 모여서 장기나 바둑을 두면서 이야기꽃을 피우고 있는 구부정한 노인들의 어깨 너머로 마모되어 가는 이상재 옹의 동상이 세월의 덧없음을 말해주고 있는 듯하다. 그들에게는 신문 사회면의 끔찍한 기사를 장식하는 혈기 방장한 젊음이 쇠진해버린 지 이미 오래 전이다.

젊은 남녀가 다정하게 손을 잡고 스쳐간다. 저 젊은이들이 이 벤치를 물려받았을 쯤에도 지금 저 노인들처럼 순수하게 보일 자신이 있는 걸까. 노인들은 마른 장작처럼 활활 타는 불꽃은 이미 식었을지라도 가슴속엔 따스함이 은은한 달빛처럼 배어 있지 않을까.

장기를 두고 앉은 뒤에 꽤 늙은 느티나무가 풍성한 잎사귀로 그늘을 드리우고 있다. 몇 미터만 떨어져서 바라볼 땐 푸르기만 하던 나무가 가까이 다가와서 올려다보니 죽은 나뭇가지를 촘촘히 달고 있는 게 보인다. 노인의 주름진 얼굴에 세월의 잔흔이 풍상의 세월을 지내온 걸 조금은 짐작할 것 같다. 지금 나는 거울 앞에서 내 얼굴을 보고 있는 중이다.

풍상의 세월에 말라 죽은 아픔의 가지들을 하나둘 감추고 있는 느티나무와 노인들의 가슴은 먼 데서 보면 의연하게 보일 뿐이다. 방금 지나간 젊은이들이 '옛말이 그른 게 하나도 없다'고 무릎을 탁칠 나이쯤 되면 노인의 가슴속에 말라버린 잔가지 하나둘쯤 알아볼 수 있을까! 하얀 모시 한복에다 상투를 틀고 건을 쓴 노인 한 분이 인조 시멘트 바닥에 하염없이 앉아 있다. 마치 시멘트 문화에 시위나 하고 있는 듯, 모습이 민초의 오랜 뿌리를 연상케 해서 마음이 착잡해진다.

나는 하얀 수염을 흩날리고 앉아 있는 노인을 보는 순간, 그의 등 뒤에 토담으로 지은 초가집이 둥그스름하게 엎디어 퇴색된 자태를 나타내고 있는 환상으로 끌려간다. 나락을 널어 말리는 멍석에 앉아서 앞산을 하염없이 바라보고 있는 노인으로 보인다.

창호지 문살에는 손가락 구멍이 송송 뚫려 있다. 장독대엔 아무렇게나 놓여 있어도 잘 어울리는 독들이 옹기종기 정겹게 머리를 맞대고 있다. 장독대 안에 닭의 볏처럼 빨간 맨드라미꽃 아래서 노란 병아리를 데리고 흙 목욕으로 한낮을 즐기는 어미닭. 홍살문 사립 쪽에는 망태기, 호미, 낫 등이 에넘느레하게 걸려 있다.

뒷동산에선 음매 송아지 울음소리가 한낮의 졸음을 어설피 흔든다. 사랑채엔 쇠죽가마가 있고, 지게와 바소쿠리가 걸려 있고, 헛간에 오줌 구유, 소 멍에, 꼴망태, 삼태기, 도리깨들이 정겹게 걸려 있다.

나는 하얀 노인의 얼굴 속에서 잊었던 어린 날 시골집의 문지방을 넘나들며 끝없는 몽상 속으로 빠져들고 있었다. 이엉으로 덮은 빛바랜 지붕, 선조들의 따스한 마음처럼 모나지 않고 둥그스름한 용마루의 곡선, 추녀 끝에서 떨어지는 빗방울 소리, 가을날 섬돌 위에 귀뚜라미 우는 소리, 해 짧은 삼동에 주렁주렁 매달린 고드름의 서정이 초가의 곳곳에 서려있는 정경이 눈앞에 주마등처럼 펼쳐진다.

이런 정경이 사라진 지 오래이건만 상투 튼 노인은 어디서 왔는지 미동도 않고 앉아 있다. 무슨 종교냄새가 풍기기도 한다. 우뚝우뚝 솟은 시멘트 숲을 바라보며 격세지감을 느끼고 있는 걸까.

나는 좀처럼 노인의 곁을 떠나지 못하고 한동안 머물러 있다. 섬돌 위에 아기 고무신처럼 얹혀 있고 싶어 고즈넉이 앉아 있었다. 아아! 하늘엔 뭉게구름이 떠있다. 몇천 년의 세월이 흘러도 저 모습으로 남아 우리의 후손을 맞이해 줬으면 싶다. 새로운 문명이 엄청나게 밀려와도 뭉게구름은 저 모습 그대로 있었으면 좋겠다.

노인에겐 온돌처럼 은근함이 있다. 가스나 기름보일러가 보편화되면서 옛날 온돌식 구들이 사라지고 나서부터는 윗목과 아랫목이 없어졌다. 따라서 이런 난방 문화는 한 가정에 장유의 질서마저 앗아가 버린 것이다. 부자유친의 효 사상도 따지고 보면 평면적으로 형성된 횡적인 인간관계로 볼 수 있으련만 사람들은 옛사람들의 인간관계를 곧장 수직관계로 보는 경향이 많다.

어렸을 때 들었던 '혼정신성(昏定晨省)'이라는 말이 떠오른다. 겨울철에 부모가 취침과 기침 전에 안부를 살피기 위해 자식은 부모의 보료 밑에 손을 살며시 넣어보고 따끈함이 전달되면 안도의 표정을 지었다. 또한 자식의 그런 얼굴을 보고 대견해 하는 부모의 안색을 살피면서 다시 흐뭇해지는 부자지간의 묵언대화로 정을 더 돈독하게 전해왔던 뜻을 지닌 말이다. 이런 미풍은 노인들의 가슴속엔 이미 향수로도 남아 있지 않을 것만 같다.

욕심이나 욕망이 이미 사라져버린 노인들의 모습을 바라보고 있으려니 가슴이 찡하다.

못 자국

   노인이 양 무릎을 세운 사이로 얼굴을 묻고 길가에 쭈그려 앉아 있다. 땟국에 저린 갈색 잠바와 회색 바지를 입었다. 뒤축을 꺾어 신은 구두는 흙먼지에 절어 색깔조차 구별하기 어려울 지경이다. 행인들이 둘러서 있다. 경찰관의 물음에는 대꾸도 없이 앉아만 있다.

   옆 가게 주인의 말로는 오전 10시부터 줄곧 그대로 있었다고 하니 아마 대여섯 시간은 그대로 있었던 것이다. 경찰관은 주소와 가족 사항을 물어도 아무런 대꾸가 없자 흔하게 대하는 일에 면역이 된 듯 몇 마디 더 물어보고는 횅하니 가버린다.

   나는 호기심이 발동하기 시작해서 주위의 사람들이 모두 떠나기를 기다렸다. 언뜻 마주치는 노인의 눈빛에서 지하도 같은 데서 간혹 대하는 행려병자나 노숙인과는 다르다는 예감이 들었다. 볼일도 미룬 채 노인의 곁으로 다가앉았다. 칠십의 중반쯤의 나이로 짐작되었다. 꾀죄죄한 얼굴이며 덥수룩해진 갈색 콧수염에 콧물이 묻어 있는 걸 보니 며칠 동안은 세수도 안 한 것 같다.

노인의 얼굴을 찬찬히 살펴보니 말하지 못할 비애가 서린 얼굴이다. 사람은 말로는 완벽하게 거짓을 구사할 수 있어도 얼굴은 거짓말을 하기 어려운 법이다. 말하지 못할 사연을 가슴에 담고 있는 관상이었다.

잠시 후 노인을 부축해서 행적이 뜸한 뒷골목으로 갔다. 휘청거리는 노인의 몸짓에서 여러 날을 굶었다는 느낌이 전해왔다.

노인은 손짓으로 담배가 있느냐는 시늉을 한다. 근처 담배 가게로 뛰어가 담배와 라이터를 구해왔다. 담배 한 가치를 덥석 받아, 얼굴을 외면한 채 연신 빨아댄다. 나도 노인 곁에 퍼질러 앉아 피울 줄 모르는 담배를 같이 피우기 시작했다. 노인은 현기증이 나는지 계속 기침을 하다가 머리를 두 손으로 감싼다. 어떻게 하면 노인의 말문을 열까. 한 수의 실수에 대국을 놓치는 바둑판 앞에서 상대방의 심중을 읽으려는 순간처럼 노인의 표정을 조심스럽게 주시했다. 농아가 아니라는 느낌이 들었기에 더욱 예사롭지 않았다.

한 시간여 가까이 무언의 대화가 지속되었다. 시간이 흘러갈수록 낚싯줄이 느슨해져 경계의 눈빛이 수그러진 틈을 타서 관상에 대한 이야기를 했다. 나이가 든 사람일수록 드라마틱한 과거를 지니고 있는 경우가 많아 마음의 문을 열기가 쉬운 거라는 생각에서였다.

노인을 근처 식당으로 모셔가기까지 두어 시간이 더 걸렸다. 식사는 않겠다고 우기는 바람에 막걸리를 마시기로 했다. 술이 들어간 후 겨우 말문을 열면서 자기는 어머니를 죽인 죄인이라며 속주머니에서 알약이 담긴 조그마한 병을 꺼내 놓으며 이야기를 풀어나갔다.

어머니가 결혼 6개월 만에 아버지가 폐질환으로 돌아가셨다고 한다. 어머니는 18살의 청상과부로 유복자인 자기만을 바라보고 평생을 지내왔다. 노인은 젊었을 때엔 공무원 생활로 아들 둘과 딸 하나를 낳아 길렀다. 결혼한 딸은 제주도 어디선가 살고, 장남은 호주로 인민을 가고 차남은 결혼하여 독일로 유학을 갔는데 두 아들 소식이 끊긴 지 오래 전이란다. 10여 년 전에 부인마저 자궁암으로 세상을 떠났다.

노인은 80년대 공무원 감원에 직장을 쫓겨난 후 건축 사업을 해왔다. 자식들도 성혼을 시켰고 어머니가 아흔을 바라보는 나이니 재혼을 하라는 주위의 권유에 15살 아래 여자와 재혼했다. 빚만 늘어나는 사업체를 붙들고 안간힘을 다했다. 지방 출장과 빚쟁이를 피해 다니느라고 집을 자주 비웠다. 그러다 보니 노모에게도 자연 소홀해질 수밖에 없었다.

노모께서는 원체 말수가 없는 분이라 내색은 안했지만, 새 며느리와 사이가 좋지 않았다는 말을 이웃사람들로부터 자주 들었다. 그런 일로 인해 아내와 자주 다퉜다. 어머니께서는 자기 때문에 아들과 며느리가 다투는 것을 보고는 몹시 괴로워하다가 화병까지 생겨서 혼자 괴로워하다가 어느 날 문설주에 목을 매서 자살했다. 이 모든 사실을 이웃 장례마당에서 이웃들의 입을 통해서 자세히 알게 되었다.

이웃들의 이야기로는 어머니가 화병에 시달리면서도 늘 쓸모없는 늙은것이 너무 오래 살아 자식에게 짐이 된다면서 하루 속히 죽었으면 좋겠다는 말을 입에 달고 살아왔다고 한다.

그는 젊은 아내에게 눈이 멀어서 노무를 바로 모시지 못한 죄를 씻을 수가 없다고 몹시 괴로워하며 자기가 어머니를 죽인 거라고 비애 섞인 말을 토해냈다.

부모가 천수를 누리고 가서도 후회와 슬픔을 억제치 못할진대 자기의 잘못으로 돌아가셨다는 죄책감으로 장사를 지내는 그 아들의 심정은 오죽했을까. 말을 더 잊지 못하는 그의 눈빛을 보는 순간 내 눈가에도 이슬이 핑그르르 맺혀왔다.

그는 그 후로 밤낮으로 술병만 끼고 살았다고 한다. 재산 없어지고 사람 망가져가는 남편을 젊은 아내가 참고 살아갈 수는 없는 일이 당연했다고 한다.

하루는 술에 잔뜩 취해 약을 준비해 가지고 한적한 산기슭으로 올라갔다. 그런데 어머니가 새까만 옷을 입고 목에는 쇠사슬을 칭칭 감고 나타났다. 자기 이름을 애타게 부르며 몹시 고통스러워했다. 쇠줄을 풀려고 계속 다가갔으나 자꾸 멀어지면서 이름 부르는 소리만 울림으로 들려왔다. 큰 소리로 어머니를 부르다가 깜짝 놀라 잠을 깼다. 자살하려다가 술김에 자신도 모르게 잠이 들어버린 것이다. 꿈을 꾼 뒤로는 어머니 가슴에 또 한 번 못을 박는 것 같아 도저히 자살할 수가 없었단다. 체념에 젖은 그의 애잔한 얼굴은 세상 모든 인연을 끊고 자포자기해버린 바로 그거여서 박제된 인간처럼 감정이 느껴지지 않았다.

나는 더 이상 할 말이 없었다. 차라리 만나지 않았거나, 이야기를 듣지 않았더라면 좋았을 걸, 하고 눈앞의 발뺌에 신경이 쓰였던 그 순간의 솔직한 내 심정이었다.

그날 밤, 그의 영상에 시달리며 잠을 설쳤다. 그의 곁을 떠나올 때에 주머니에 찔러 넣어준 몇 푼의 돈으로 내가 그 상황에서 할 일을 다 한 것처럼 태연하게 돌아섰던 게 얼마나 뻔뻔한 일이었던가.

돌아가신 부모에 대한 죄의식이 어찌 길거리에서 만난 그이에게만 국한되는 일이랴. 아버님 제삿날이었다. 아들딸 기르면서 마흔의 나이가 가까워서 공부를 하고 있는 내 이야기를 들으시고는 '제사고 뭐고 안 지냈으면 좋겠다!' 차갑게 내뱉으시는 말에 괜한 말을 했구나 싶었다. 그도 그럴 것이 아버지는 많은 재산을 술로 파산하고 아들 공부도 시키지 않았기 때문에 나이 들어 공부하는 아들이 몹시 안쓰러웠던 모양이다.

나는 중학교에 보내주지 않는다고 어머니 가슴을 아프게 한 적이 셀 수 없이 많았다. 남처럼 공부하는 게 한이 되었던지라 지금까지 줄곧 학교만 다녔다.

"당신, 학교에 바친 돈만 해도 집 몇 채는 샀을 거다!"

아내의 이런 말엔 아랑곳 않고 지금도 책을 보며 공부하는 게 생활에서 제1순위다. 길에서 만난 그분은 내게 많을 것을 생각하게 한다. 옛날 어떤 아버지가 아들이 잘못을 저지를 때마다 나무에 못을 하나씩 박았다. 아들이 성장해가며 나무에 못이 촘촘히 박히자 아들은 잘못을 뉘우치기 시작했다. 아버지는 아들이 잘못을 느끼기 시작할 때, 지금부터 착한 일을 할 때마다 못을 하나씩 뽑아주겠다고 했다. 잘못을 저지른 것만큼 착한 일을 한 뒤에 못이 죄다 뽑히자 아들은 잘못을 모두 사했다고 기뻐했다.

자식은 부모에게 잘못한 걸 쉽게 잊어버린다. 나 역시 어머님 살아계실 때 명절이나 생일에 찬값이나 조금 보내는 걸로 흐뭇하게 생각하며 가슴에 박은 못을 생각지 못했던 게 사실이다.

눈보라와 찬바람이 윙윙대는 겨울이면 거리에서 만난 이름도 알 수 없는 그 노인과 저승 가신 어머님의 얼굴이 겹쳐 온다. 담 밑에

쭈그리고 앉아 있던 노인을 다시 만날 수 있다면 입고 있는 외투라
도 벗어줘야 이 밤에 깊은 잠이 들 것 같고, 어머님이 꿈에 웃으실
것 같은 생각이 간절해진다.

　늙으신 부모님을 아무리 잘 모시는 자식이라고 해도 알게 모르
게 가슴에 박은 못을 뽑은 것으로, 죄의 값이 상쇄될 수는 없을 것
이다. 못은 뽑혀도 그 못 자국은 영원히 지워지지 않을 것이기에
말이다.

상상으로 살기

삼복더위 날씨에 산을 오르고 있는 중입니다. 맛있는 음식을 먹으며 식도락을 즐기는 생각으로 바꿔 산을 올라가고 있습니다. 힘 듦을 풀밭에 던져버리고 아늑한 골목길을 걷는 걸 상상하며 걷습니다. 재미있는 텔레비전 프로그램을 보면서 희희덕대는 생각으로 바꿔 등산을 하고 있는 중입니다.

진공청소기를 돌릴 때는 머리카락과 먼지가 저항하지 못하고 쑥쑥 빨려 들어가니 참 재미있는 오락게임입니다. 스팀청소기를 밀고 있을 때는 가려운 곳을 긁어주는 것처럼 시원한 기분이 듭니다. 2층 커피숍 창가에 혼자 앉아 차를 마시는 상상을 하다 보니 어느새 청소가 끝납니다. 땀을 뻘뻘 흘린 후 샤워할 때 생각으로 바꿔 설거지를 합니다.

일할 때마다 다른 틈을 주지 않고 즐거운 생각들을 불러 모아들입니다. 집안 청소를 하고 나면 피로는 어디로 증발해 버렸는지 눈곱만큼도 보이질 않습니다. 청소를 하거나 설거지를 하고 나면 가장 먼저 마음부터 깨끗해짐을 확인합니다. 집안이 깨끗하게 정돈되면 마음과 정신도 함께 말끔히 청소가 됩니다.

힘든 일이 끝나면 반드시 기분이 좋아집니다. 일을 하기 전에 미리 당겨서 그 기분을 먼저 느끼려고 애써봅니다. 일을 하는 건 노동이 아니라 즐거운 생각들을 모으는 놀이라고 미리 바꿉니다. 무슨 일을 할 때마다 즐거운 생각들을 한데 모아 뇌에게 즐거운 게임이라고 일러줍니다.

재미있는 생각이 많이 모아질수록 짜증은 발붙일 곳이 없어집니다. 즐거운 생각들이 모여들면 마음이 따뜻해져서 피곤함은 저절로 사라집니다. 생각을 많이 모으는 것이 돈을 많이 모으는 것보다 즐거울 때가 더 많습니다. 돈을 모으는 것보다 즐거운 마음을 모으는 일이 훨씬 간단하고 쉽습니다.

습관적으로 좋은 생각을 모아들이는 사람은 습관적으로 행복하게 살아갈 수가 있습니다. 아무리 재산을 많이 모아도 즐거운 생각을 모으는 기술이 부족하면 덜 행복해질 수 있는 법입니다.

이런 말을 하면 사람들은 참 한심한 사람, 가난밖에 모를 사람이라고 비꼬는 이도 있을 수 있지만 눈 딱 감고 한 번 실험해보라고 권합니다. 늘 체험한지라 자신 있게 말합니다. 공짜로 가져오는 것 중에서 품질 좋은 행복을 만드는 재료가 바로 즐거운 생각입니다.

매일매일 좋은 생각과 즐거운 마음을 모아서 행복한 집을 지어야겠습니다. 생각만으로도 얼마든지 즐거운 집을 지을 수 있습니다. 즐겁든 괴롭든 고통스럽든 반드시 생각을 하게 되어 있는 게 인간이 아닙니까. 생각을 하지 않고는 한 순간도 지닐 수가 없으니 이왕이면 좋은 생각만 많이 합니다. 행복한 집의 설계는 내 안의 생각 속에 이미 그려져 있습니다. 누구나 쉽게 지을 수 있는 것이 생각의 집입니다. 나는 그 집에서 오래 살아갈 즐거운 마음들을 매일매일 모아들이는 데 열중입니다.

금방 사라져 버릴 무지개를 보고 행복해하는 것이 인간의 마음입니다. 예쁜 꽃을 보면서 꽃처럼 예쁜 것만 상상하면서 사는 것도 참 행복한 삶일 것입니다.

뇌와의 대화

"행복하냐?"

"응, 무지무지 행복해."

"무엇이 그리 행복한데?"

"오늘도 살아있다는 게 정말 행복해."

나는 아침에 눈을 뜨면서 내게 물어본다. 배고플 때 텔레비전에서 요리 프로를 하고 있을 때 더 배가 고픈 것처럼 행복이란 단어를 중얼거리면 행복은 내게로 공기처럼 흡수된다. 중독이 되면 진짜 행복해진다.

비교해서 더 우위일 때, 남과 경쟁해서 승리했을 때도 행복을 느낀다. 남에게 져도, 우월하지 못해도, 행복해질 수 있는 길이 있다. 스스로 즐기는 법을 찾는 것이 경쟁 없이 누릴 수 있는 행복이다. 경쟁의 결과로 느끼는 행복보다 혼자서 즐길 수 있는 게 바로 마음이다.

뇌와 대화할 때 행복이 나타난다는 걸 체험으로 알기에 아침마

다 뇌와 마음과 생각과 이야기를 즐긴다. 아침에 일어나면 뇌는 차
고에 있는 차와 똑같다. 놓인 상태에서 깨어난다.

차에 시동을 걸고 후진을 하거나, 전진을 하거나, 좌로 가거나, 우
로 가는 것은 차주의 마음에 달려 있다. 차주가 어느 쪽으로 운전
을 하고 가느냐에 따라 달라지듯 뇌도 따라 움직여준다.

나는 잠이 깨면서 천장을 보며 미소 짓는 일부터 시작한다. 미소
는 뇌에게 시동을 거는 일이기도 하다. 뇌는 가고픈 곳으로 방향을
지시해준다. 뇌를 운전하는 나는 명령도 하고 질문도 한다.

한동안 뇌와 긍정적인 대화를 한다. 기분 좋은가 물어보기도 한
다. 기분 좋다고 대답할 때까지 되묻는다. 무의식적인 힘에 의해 자
동으로 깨어나기보다 의식적으로 뇌를 깨운다. 명상과 사색을 하자
고 뇌에게 말하면 뇌는 즐거워하며 거부하지 않고 따라준다.

긍정의 방향으로 뇌를 운전하려고 의식적으로 뇌의 핸들을 돌린
다. 행복한 방향으로 출발시킨다. 이렇게 시작되는 아침은 즐겁고
행복하다. 하루 내내 행복의 방향으로 운전을 하기 위해 뇌의 상태
를 점검하는 것도 잠이 깨어 처음 하는 일이다.

술을 좋아하는 사람이 술 이야기를 하면 금방 마시고 싶은 것처
럼 행복도 생각하거나 말하면 저절로 끌려오게 된다.

뇌가 먼저 즐거워해야 자신이 행복해진다. 적합한 영양과 신선한
자극을 주면 뇌는 매우 즐거워한다. 충분한 휴식을 주기 위해서 잠
을 적당히 자 주면 아주 개운하다고 행복해 한다. 뇌가 즐거워지면
마음도 생각도 정신이 다 같이 행복해진다. 행복해지려면 행복한
뇌부터 만들어내야 한다.

좋은 일에 처한 이는 행복, 나쁜 일에 처한 사람은 불행하다는

게 일반적인 경계다. 하지만, 그러나, 다시 한 번 더, 생각해 보면 보다 현명한 답이 나올 수 있다. 똑같은 사안에서 불행해 하는 이와 행복해 하는 이가 있다. 행복한 느낌은 행복을 불러들이고, 불만의 느낌은 불행만 불러온다.

아침에 일어나면서 나는 뇌와 대화를 할 때를 하루 중에 가장 소중하게 여긴다. 새벽에 주고받는 대화가 그날의 행불을 판가름하기에 침대서 일어나며 뇌와 대화하는 건 꼭 빠뜨리지 않는다. 고집스럽게 지켜나가고 싶은 게 뇌와의 아침 대화이다.

내릴 역

가야 할 곳이 있을 때는 돌아가거나 몇 번을 갈아타더라도 일부러 전철을 이용한다. 책 읽을 욕심에서다. 마음 다잡아먹고 책 읽는 데 집중하고 있는데 경로석에 앉은 할머니들이 유난스럽게 떠들어댄다. 카랑카랑한 목소리에 놀라 힐끔 쳐다보고서 다시 독서에 집중한다.

습관이 되어서인지 떠드는 곳에서나 길을 가면서는 오히려 책의 내용이 머릿속으로 쏙쏙 들어온다. 한가한 틈에 조용한 곳에서 책을 펴들면 잡상이 자꾸 떠올라 마음이 방산되는 경우가 많다. 조용한 가을밤에 마음을 다잡고 공부를 하려고 하면 귀뚜라미 소리나 바람소리, 심지어 둥근 가을 달까지 소리를 내며 마음을 흔들어대는 것 같아 조용하면 책 읽기가 힘 든다. 길을 가면서 엠피쓰리로 음악을 들으면 시끄러움을 차단시켜 독서가 잘된다.

책을 읽다가 이따금씩 내릴 역을 깜빡 지날 때가 있다. 두 정거장 만에 내려야 한다고 마음의 준비를 하면서 책에 집중하다 보면 틀림없이 한 역을 지나온 것 같은데 세 정거장을 지나쳐버려 내릴 곳을 놓치기도 한다. 이럴 때는 열심히 살다가 자신도 모르게 죽음의 문턱에 다다른 경우를 간접적으로 느끼게 한다. 몰입된 인생길을 가다가 늙는 것까지 모른다는 건 행복한 일일지 모르겠단 생각을 하며 다시 되짚어 전차를 타며 독서를 한다. 간혹 한 정거장 앞에서 내린 적도 있다.

가야 할 목적지가 딱 한 군데 역밖에 없는 게 우리네 인생길이다. 여러 군데인 줄 알고서 방황하기도 하지만. 인생길은 한 정거장 앞에 내려도, 뒤에 내려서도 안 되는 일이다.

갑자기 불행한 사고사로 운명을 달리 하는 이를 보면 몇 정거장 앞에서 내린다는 느낌이 든다. 자살하는 이를 볼 때는 몇 정거장 훨씬 앞당겨 내려버리는 것 같아 안타깝다.

누구나 한 정거장이라도 더 가고 싶은 무의식적 욕망을 지닌 게 우리네 인생길일까. 단 한두 정거장이라도 더 가고 싶은 생명의 애착을 갖는다 해도 그럴 수가 없는 게 또한 인생철로다. 한 정거장이라도 더 가고 싶어 몸부림치는 경우도 더러 본다. 진즉 숨이 넘어가야 할 처지에 놓인 사람이 주사기로 겨우 연명하고 있는 걸 보면 안쓰럽기까지 하다. 억지로 한두 정거장 더 가면 뭐하랴 싶기도 하다.

자기가 내릴 정거장에서 내리는 건 자연스러운 일이다. 더 가지도 말고, 덜 가려고 억지로 내리지도 말고 타고난 운명대로 내려야 할 정거장에서 자연스럽게 내린다면 미련도 없으련만. 더 가려고 욕심 부린다고 될 일도 아니다. 더 빨리 가고 싶어서 안달할 필요도 없는 인생여행길이다. 조금만 더 가고 싶어 몸부림친다고 일이 분, 일이 초 더 갈 수 있을까. 있다고 해서 각별한 의미가 있을까.

　내릴 곳이 아닌 한 정거장 앞에서 훌떡 뛰어내려서 황당한 생각들을 하느라 책 읽는 것도 잊고 한참 동안 내 마음의 인생길을 방황해 본다. 내가 탄 인생전동차는 지금 어느 역을 지나고 있을까. 내릴 역은 얼마나 남은 걸까. 아무리 생각해 봐도 도착역이 지나온 거리보다 더 짧게 남은 것 같은 생각이 든다. 먼 데까지 여행을 오면서 좋은 경치도 구경했으니 안타까워 할 일도 아니다. 내릴 정거장에 다다르면 웃으며 기분 좋게 내릴 준비나 철저히 해야겠다.

　책을 읽는 것도, 좋은 생각을 모아들이는 것도, 마음을 곱게 다듬어 다림질하는 것도 모두 내가 내릴 정거장에서 기쁘게 내릴 준비가 아니겠는가.

세력(勢力)

나무벤치에 앉은 노인이 봉지에 담긴 것을 앞에다 흩뿌린다. 비둘기 떼가 후르르 내려앉는다. 먹이를 쿡쿡 쪼아대는 걸 보니 한두 번 얻어 먹어본 솜씨가 아니다. 비둘기들은 불안해하지도 않고 먹는 데만 열중이다.

참새 떼가 뒤따라 포르릉 날아 앉는다. 감히 가까이 범접치 못하고 참새들은 외곽으로 베돌기만 한다. 한두 알씩 외곽으로 튕겨져 나온 낱알을 킥킥 쪼아 먹는다. 한 번 쪼고 나서 비둘기 쪽을 힐끔 쳐다본다. 불안한 표정들이다. 19마리 참새들은 그 자세가 각각이다. 뒤쪽을 바라보고, 옆으로 몸을 비틀고, 딴청을 피우는 녀석도 있다.

비둘기들은 몸을 뒤뚱거리면서도 고개를 수평인 채로 앞뒤로 당겼다가 밀었다가 하는 게 신기하다. 누구에게도 눈치를 보지도 않고 먹이를 잘 쪼아대는 데 비하면 참새는 정반대다.

참새는 눈치만 슬슬 보면서 먹이가 있는 쪽으로 달려오지도 못

하고 외곽으로만 계속 돌면서 튀어나온 낟알 하나라도 더 주어먹
으랴, 눈치를 보랴, 안쓰럽게 보인다. 몸을 잔뜩 낮추고 고개를 쭉
빼며 가능한 몸뚱이는 뒤로 빼고 낟알을 쪼려는 자세도 불안해 보
인다.

비둘기나 참새는 다 같이 남에게 공짜로 얻어먹는 것인데 왜 저렇
게 한쪽은 당당하고 한쪽은 움츠리는지. 참새는 비둘기가 무서운
모양이다. 비둘기는 참새 앞에서 자기 몫이나 되는 양 당당하기만
하다. 참새와 비둘기들이 식사를 하고 있는 광경이 예사롭게 보이
지 않는다. 인간세계도 저와 같으리라.

기득권일지, 강한 자의 오만일지, 조상 잘 만난 탓일지, 환경을 잘
타고난 탓일지, 힘센 자의 오만인지 등등 여러 가지 생각이 잇따른
다. 세상엔 아무리 평등의 논리를 부르짖는다고 해도 변함없이 존
재하는 강자와 약자의 세계가 존재하지 않겠는가. 비둘기는 가진
자의 독선처럼 먹이 앞에서 너무 당당하게 쪼아댄다.

나는 한참 동안 눈을 떼지 못하고 비둘기와 새의 세계를 하염없
이 바라만 본다. 힘의 논리가 지배하고 있는 눈앞의 광경에서 나는
어느 쪽에 서야 할지 한참 생각해 본다. 좀처럼 선뜻 결정이 서질
않는다.

종묘공원에 많은 노인들이 삼삼오오 모여서 바둑이나 장기를 두
거나 이야기꽃을 피우고 있다. 비둘기나 참새처럼 편 가르기는 하
지 않는 것 같다. 노인들은 비둘기일까. 저렇게 늙어버린 이들은 지
금 참새 신세일까. 비둘기와 참새들의 식사하는 광경이 예사로 보이
지 않아 가슴을 저리게 한다.

대부분의 사람들은 비둘기가 되고 싶을지도 모르겠다. 나도 비

둘기가 되고 싶다. 비둘기가 되어서 세력을 갖고 싶은 게 내 심정일까. 아니라고 절대로 아니라고 자신 넘치게 말할 수 있었으면 참 좋겠다. 나는 비둘기가 되고 싶지만 세력을 확장시킨다거나 휘두르고 싶지는 않다. 참새와 같이 다정하게 쪼아 먹는 그런 비둘기가 되고 싶은 마음 간절하다.

비둘기와 참새가 살아가는 저 현실이 바로 우리 인간세상이 아닌가 싶다. 참새는 세력, 권력, 재력, 힘력(力)자 붙은 걸 차지해 보려고 총력(力)을 다 해봐도 쉬운 일은 아니다.

집에 돌아와서까지 참새와 비둘기의 모습이 뇌리에 맴도는 건 왜일까. '세력'이라는 논리의 지배를 떠날 수 없는 게 어디 인간뿐이겠는가.

규칙

    법이라고도 하고 경우에 따라서는 규칙이라고도 한다. 삼라만상은 이 규칙에 의해서 질서 있게 움직이고 있다. 우주에 존재하는 어느 것 하나 그 규칙에 지배받지 않는 것이 하나도 없을 것이다.

    내가 산을 오르다가 너럭바위에 앉아서 쉬고 있는 지금도 규칙의 지배를 받고 있다. 내가 앉아 있는 자리의 둘레에는 돌과 바위와 흙과 나무들이 계속 겹겹으로 퍼져나가 있다. 그 속에 내가 앉아 있는 것이다.

    나를 중심으로 점점 멀리 갈수록 규칙들의 존재들에 에워싸여 있다. 겹겹으로 끝없이 뻗어나가면 저기 멀고 먼 별이 있는 곳까지, 달이 있는 곳까지 태양이 있는 곳까지 퍼져간다고 해도 어느 것 하나 존재 속에 규칙을 일탈한 건 하나도 없을 것이다.

    보이지 않는 어떤 것들도 규칙의 지배를 받고 존재하고 있을 것이다. 나를 비롯해서 가족과 친척과 이웃과 친구와 온 나라의 사람들과도 보이지 않는 규칙에 얽매여서 움직이고 있을 것이다. 봄인데 낙엽이 지는 일은 절대로 없을 것이다.

내 앞에 있는 신갈나무는 규칙에 의해서 지금 잎이 피어나고 있다. 꽃이 피기 전에 절대로 열매가 맺는다거나 잎이 이제 피어나는데 낙엽이 지는 일은 절대로 없다는 것이 규칙을 말해주고 있다.

일상생활 속에서 무심코 받아들이는 일련의 사건들이 규칙 없이 일어나는 것은 없을 것이다. 나를 지배하는 보이지 않는 생각의 세계, 마음의 세계, 영혼의 세계, 정신의 세계도 질서정연한 규칙에 의해 진행되고 있다. 지금 나는 산의 계곡 중턱에 너럭바위에 앉아서 삼라만상의 규칙에 의해서 지배받고 있는 중이다.

자연이 규칙을 절대로 위배하지 않는다. 내가 그 자연의 규칙을 역행하지는 못한다.

우리는 어느 순간에 규칙 없이 일이 벌어진다고 생각할 때가 있다. 규칙을 깨닫지 못했을 뿐이지, 규칙이 없는 것은 아니다. 그 규칙이 거꾸로 되어 있는 줄 잘못 알았을 뿐이지, 거꾸로 된 규칙은 세상에 하나도, 아무 데도 없는 게 또한 규칙이다. 의외의 사건사고가 터지는 것 같지만 알지 못해서 의외의 사건이라고 생각하지, 이미 규칙은 진행되고 있었던 것이다.

사계절에 따라 우리 눈앞에서 뚜렷이 보여주는 자연은 인간을 가르치는 것이다. 규칙에 대한 교육을 시키고 있지만 그것을 깨닫지 못하고 있는 게 아닌가 생각이 든다. 바위에 앉아서 쉬고 있는 것은 몸의 규칙을 지키는 것이다. 생각에 빠져서 여러 가지 잡상에 헤매는 지금의 나도 내 안에 짜인 프로그램의 규칙을 지키고 있는 것이다. 죽는 것도 태어나는 것도 병이 나는 것도 실패를 하는 것도 성공을 하는 것도 존재하는 것도 모두가 규칙에 의해서 일어나는 것이다.

모든 규칙을 알았을 때에 도를 통했다고 할 수 있겠다. 규칙을 알기 위해서 사색하고 명상하는 것은 수양을 하는 것, 도를 닦는 것, 기도하는 것이라고 말할 수 있겠다. 규칙을 역행하지 않고 순리를 따라서 살아야겠다고 생각하며 다시 산을 오른다.

"삐이적삐이적 삐적."

이름을 알 수 없는 새가 내게 또 규칙을 지키라고 경고하며 날아간다.

빗자루만도 못한 나

　주위를 깨끗하게 쓸어내고 난 빗자루가 담벼락에 비스듬히 기대 있다. 나도 저 빗자루처럼 혼자 있기를 좋아한다. 홀쭉한 키에 초록 색 치마를 입은 빗자루. 하는 일에 비해 푸대접 받는 너도 별로 좋은 팔자는 아니구나. 나야 너처럼 좋은 일도 못하기 때문에 푸대접 같은 건 아예 생각지도 않지만. 아무리 더럽혀진 곳이라도 네가 한 번 쓰윽 지나가면 정갈해지지.

　더럽혀진 마당과 계단, 도로를 깨끗하게 해놓는 네가 정말 소중 한 존재다. 좋은 일을 한만큼 대접을 해주려면 너를 집안 장롱 속 에나, 안방에다 잘 모셔놔도 성이 차지 않을 것 같은데 내다버리다 시피 길가의 담벼락에다 두다니.

　담벼락에 기대 있는 빗자루가 길 가던 나를 한참을 붙잡는다. 머 릿속에서 빗자루의 추억들이 줄줄이 따라 오른다. 흙으로 된 마당 을 깨끗이 쓸고 나서 마당 귀퉁이에 세워두는 빗자루는 언제나 정 겹게 느껴졌다. 도심의 시멘트 담벼락, 그것도 사람들이 오가는 길가에다 버려진 것처럼 방치해 둔 것 것과는 아주 다른 빗자루 신세였다.

세상에 존재하는 사물들이 역할이나 쓰임새에 따라 대접받으면 더 좋겠다. 좋은 일, 소중한 일을 많이 하는 것들에게 대접도 잘해 줘야 하는데도 세상사는 그렇지 않은 경우가 더 많다.

역겨운 냄새를 피우는 정화조차가 입증이라도 시키려는 듯 내 곁을 지나가고 있다.

"그 걸레 같은 년 소린 그만 해라!"

서너 명의 노파가 욕설을 하며 지나간다. 예리하게 날이 선 '걸레 같은 년!'이란 단어다. 깨끗한 사람을 칭찬으로 평하는 말은 아니다. 자기 몸을 더럽혀가면서도 남을 깨끗하게 하는 걸레에 왜 행실이 좋지 못한 사람을 끌어대는 걸까. 정갈하지 못한 여인을 일러 '걸레'라고 욕하는 노파들이 아직도 있는 모양이다. 자신을 더럽게 하면서 주위를 깨끗하게 만드는 걸레에 나쁜 사람을 비유하지 않았으면 좋겠단 생각이 우쩍 든다.

빗자루를 한참 보고 있으려니 이번에는 어느 쪽이 위고 아래인지 분간이 안 된다. 초록색이 있는 쪽을 복신 묶어서 치마처럼 만든 곳이 위인가, 아니면 막대기 쪽이 위인가. 빗자루의 날을 하나둘 세어본다. 얼마쯤 세다 보니 도저히 셀 수가 없을 정도로 많다. 한 가닥을 뽑아놓고 보면 아무 일도 못한다.

초록색 플라스틱으로 만든 빗자루를 보고 있으려니 옛날 고향집에서 사용하던 마당 빗자루가 생각났다. 그 빗자루는 비사리나무나 혹은 자잘한 신우대, 갈대풀, 수숫대 등 자연에서 취한 재료들이었다. 요즘은 마당 빗자루도 화학작용을 거친 제품을 쓰고 있으니 옛날 자연 빗자루처럼 정감이 가질 않는다.

도회지에 있는 빗자루들은 주로 집 안을 쓸어서 밖으로 버리는 기능이 주 임무다. 농촌에서는 밖으로 쓸어내는 일도 있지만 때론 안으로 쓸어 담는 역할을 하는 경우가 더 많았다. 곡식을 쓸어 담기도 하고, 재사용하기 위해서 쓸어 담는 것들이 많다. 도회지의 빗자루처럼 단순 기능이 아니고 아이들이 타고 노는 놀이도 한다. 말썽꾸러기를 훈육할 때 위협적인 존재로 변신하기도 한다.

언제 어디서나 누구를 만나든 시원스럽게 쓸어서 분위기를 깨끗하게 만드는 그런 빗자루처럼 살 수는 없을까. 대접 받는 일에 연연하지 않는 빗자루처럼 말이다.

빗자루와 헤어져 멀리까지 왔는데도 머릿속에 또렷하게 떠오르는 건 왜일까. 빗자루만큼도 세상에 이로운 일을 못 하고 살아온 탓일지 모르겠다.

강아지와 할머니

독일의 베네딕트라는 판사는 40여 년 동안 무려 4만여 명에게 사형선고를 내렸다 한다. 40년을 '저 사람 죽여라'가 일과였던 것이 아니었나 싶은 생각이 들 정도다.

그는 매 주일 교회를 빠지는 일이 없었고 성경을 50회 이상 통독했음을 자랑으로 삼기도 한 냉혈판사였다. 어느 날 갑자기 숨을 거뒀는데 이유가 애견의 죽음으로 받은 충격 때문이었다고 한다. 죽음이 참으로 황당하고 아이러니컬하다. 깊이 생각해봐야 할 일이다. 자기라는 기준을 세웠을 때는 개가 사람보다 더 소중한 경우도 있을 수 있다.

나는 매주 화요일마다 노인복지관에 봉사를 몇 년 동안 다닌 적이 있었다. 물리치료사 면허가 있기에 가운을 입고 불편한 노인들에게 물리치료를 해주었다. 심하게 몸이 불편한 이들은 사실 마지막 장소에 와 있는 느낌이 들어 마음이 쓸쓸해지기도 했다.

오 씨 할머니는 젊었을 때 양장점을 하면서 어렵게 돈을 모아 지금은 자그마한 아파트가 두 채 있다고 했다. 아들이 사업을 하겠다고 팔아달라고 하는데 고민이라고 했다.

운동치료, 전기치료, 찜질치료 등 여러 가지 물리치료를 하면서도 그중에서 나이 드신 분들께 마음을 위로해 주는 치료가 더 중요하다는 생각을 하게 됐다.

"할머니 돌아가실 때까지는 절대로 아파트 팔지 마세요."

"나도 김 선생 말처럼 그러고는 싶은데 아들이 매주 와선 졸라대니 흔들릴 때가 있다우."

대부분 노인복지관, 요양원에 계시는 노인들은 자기 앞으로 건물이라도 있으면 아들딸들이 열심히 찾아온다. 재산이 없는 이들은 자손들이 거의 찾아오질 않는 경우가 많다.

한번은 중풍 후유증으로 오른쪽 팔다리를 전혀 움직이지 못하는 장 씨 할머니의 며느리와 손자가 방문했다. 초등학교 2학년 손녀는 할머니께 고개만 끄떡하고는 데리고 온 애완견하고만 놀고 있었다. 어느 순간에 강아지가 보이지 않았다. 울상이 된 손녀와 시어머니 앞에 앉아 이야기하던 며느리는 강아지 잃어버린 걸 걱정하며 시어머니와는 건성이었다.

엄마와 딸은 이 방 저 방으로 호들갑스럽게 찾아다니다가 강아지를 안고 왔다. 아이에게 몇 번이나 단단히 안고 있으라고 당부를 연거푸 하는 거였다. 아이나 엄마는 온통 강아지에게 신경이 집중되어 있었다. 시어머니에겐 그야말로 형식적이고 면피용으로 대하는 모습이 역력했다.

개를 할머니보다 더 소중하게 여기는 며느리와 손녀의 광경을 물끄러미 보고선 나는 할 말을, 할 생각을, 할 마음을 다 잊어버리고 말았다.

늙은 부모를 양로원에 버리고 찾아가지도 않는 자식들도 더러 있다고 한다. 설이나 명절에 애견용 강아지와 떨어지기가 싫어서 시골에 계시는 할아버지와 할머니를 찾아가지 못하는 어린이가 있단다. 이런 세상에서 태연하게 살아가고 있는 우리들이다.

개를 부모나 조부모보다 더 사랑하며 자라는 우리 아이들은 훗날 어른이 되면 독일 판사와 어떤 비교가 될까. 나도 모르게 고개가 저절로 가로저어진다.

개와 사람을 앞에 두고 골똘한 생각에 젖는다. 복지관에서 보았던 애완견과 할머니와 손녀와의 관계가 떠오른다. 세상이 잘못된 건 아니리라. 어쩌다가 우리가 여기까지 왔는지 한 번 더 생각해봐야 할 일이 아닌지 싶다.

작디작은 씨앗

　행복이란 자기 자신 앞에 놓인 인생 전부가 아닙니다. 자신이 짊어지고 있는 모든 것이 행복하기를 바라면 안 됩니다. 아주 작은 것, 아주 적은 것이라도 행복하면 그 전염성은 파급이 아주 심합니다.

　아침에 일어나 까치가 은행나무에 앉아있는 걸 바라보고 있으려니 작디작은 행복씨앗이 움틉니다. 천지를 자유자재로 날아다니다가 우리 집 거실 앞 은행나무에서 잠시 쉬는 모습이 참 반갑습니다. 예로부터 좋은 소식을 가지고 다닌다는 까치이기에 말입니다.

　이 작은 행복씨앗이 마음속에서 움터 쑥쑥 자라는 게 보입니다. 마음과 정신과 생각들을 깨웁니다. 작디작은 한 알의 독약이 온 전신을 곧바로 죽일 수 있습니다. 작디작은 이 한 알의 행복씨앗도 독약처럼 온 정신과 마음속으로 번져가고 있는 게 보입니다. 작고 적은 걸 하찮게 여기는 마음을 지닌 이는 작디작은 행복씨앗이 자라는 걸 눈치채지 못합니다.

먼동이 트면서 동쪽 하늘이 붉어지고 있습니다. 기다리고 기다리던 연인이 막 문을 열고 들어설 때의 그 얼굴처럼 환하게 웃는 해님입니다. 오늘 아침의 이것도 내겐 작디작은 행복입니다. 몸과 마음으로 먹으며 살아야겠습니다.

정원의 은행나무는 하루가 다르게 노란 잎으로 변해가고 있습니다. 은행잎은 미풍에 간지러워 움찔거리며 웃음을 참지 못합니다. 배롱나무는 본래 간지럼을 잘 탑니다. 목련나무 이파리도 노란 꽃으로 피어가고 있습니다. 단풍나무는 일찌감치 노란 꽃잎을 피워놨습니다.

고색창연한 종묘의 담이 명상에 젖어 있습니다. 오백 년도 더 넘은 참나무는 그 가지가 많은 만큼 바람 잘 날도 없이 버티어왔다고 말합니다. 다람쥐 한 마리가 상수리나무에서 달음질치며 내게 재주를 자랑합니다.

가을 아침에 이 작고 적은 것들이 내 맘속으로 차곡차곡 커다랗게 꽉 찹니다. 안으로 들어온 작고도 적은 행복씨앗들이 싹을 틔우고 있습니다. 작고도 적은 것들을 모으고 또 모으니 커다란 행복나무로 자라고 있습니다. 작고도 적은 행복을 볼 줄 아는 나의 눈이라서 더 행복합니다. 심산유곡에 들어가지 않아도 5백 년 이상이나 된 숲들이 나의 아침을 반겨주니 내 마음은 이미 전설 속의 무릉도원에 와 있습니다.

참으로 행복한 초가을 아침, 종일토록 불행바이러스가 범접치 못할 것 같아 기쁩니다. 내 마음에 작고도 적은 행복씨앗이 싹틔우고 있는 한 머리가 희어지든 얼굴 주름살이 늘어나든 허리가 휘든 상관할 일이 아닙니다. 늘 내 맘은 젊으니 행복합니다. 아니, 오늘 아침 지금 더 젊어지고 있는 중입니다.

몸은 젊은데 마음과 정신이 늙어버린 이도 있습니다. 몸은 늙어가도 맘과 정신이 팔팔하게 젊어야겠습니다. 죽는 그날까지 말입니다. 몸이 늙는 건 막을 수 없지만 마음과 정신, 생각은 막을 수가 있다고 생각합니다.

작고도 적은 행복씨앗들이 내 안에서 싹틔우고 있는 지금 내면은 자꾸 젊어져가고 있습니다. 작고도 적은 행복씨앗 때문에 참 행복한 아침입니다.

내 안에 있는 작고도 적은 행복씨앗들이 마음과 정신이 젊어지는 기술을 가르치고 있습니다. 세월은 주름을 만드는 심술을 부리지만, 작고도 적은 행복씨앗은 마음과 정신에 활기를 줍니다.

생인간(生人間)과
조인간(造人間)

"조화가 맞다니깐!"

"아니 생화가 분명해!"

"내기할까?"

"그래 좋아!"

지하 커피숍에서 말다툼하던 젊은이가 훌떡 일어나서 꽃이 꽂혀 있는 데로 쪼르르 간다.

어두컴컴한 조명만 탓할 일이 아니다. 생화처럼 감쪽같이 만들어 내는 재주 때문에 혼동된 것이다. 자세히 보지 않으면 조화와 생화를 구별하기가 쉽지 않다.

우리는 가짜와 진짜를 구별키 어려운 세상에 살고 있다. 유명화가의 그림도 가짜니 진짜니 하여 뉴스에 오르내린 적이 있다. 꽃처럼 향기가 있고 없고를 따지지는 것이 아니니 진품을 가리기란 더욱 어려운 일이다. 진짜 그림보다 가짜 그림이 더 잘 그려졌다면 따질 필요가 없는 일인데도 그렇지 않는 모양이다. 이는 그림이 아니고 화가가 진짜인지 가짜인지를 따지는 셈이다. 그림이 잘 그렸는가 보다는 그린 사람이 진짜인지 가짜인지 떠들어 대는 걸 보면 앞뒤가 전도된 느낌이다. 그림에는 문외한인 나로서는 선뜻 납득이 가질 않을 때도 있다.

어떤 유명한 화가가 문하생들이 그린 그림을 낙관만 찍어서 유통시켰다고도 하는데 고개가 갸우뚱해진다. 그려진 그림보다 낙관이나 이름을 더 높이 평가하다니. 가짜 그림을 내놓는 사람이나 그 그림을 이름만으로 평가하는 것은 그림 예술을 보는 눈이 아니지 않겠는가. 예술을 대하는 사람들의 짓이 어쩌면 이렇게 이해하기 어려운 행동을 하는지도 참 혼돈스럽기만 하다.

조화냐 생화냐를 두고 실랑이를 하는 이들을 보면서 나는 사전에도 없는 단어들을 조립해 본다. 생화와 조화처럼 생인간과 조인간으로 분류해서 엉뚱한 생각까지 해보면서 찻잔이 차가워진 줄도 모르고 잡상에 빠져든다.

조화는 향기가 없는 것으로 구별하기 쉬운데 조인간은 무엇으로 구별할까.

생화는 물이 마르면 곧장 말라가는 것으로 쉽게 판단할 수 있지만 생인간은 무엇으로 확실한 구분이 될까. 생화는 오래 지나면 볼품없이 시들어간다. 생인간 역시 오래 지나면 쭈글쭈글하게 말라가는 것으로 알 수 있다.

로봇인간처럼 언제나 표정이 똑같은 사람을 조인(造人)이라고 생각해 본다. 세상이 엄청나게 진화하는데도 아주 수십 년 전의 모양으로 꿋꿋하게 변하지 않는 사람도 조인간이라고 내 나름대로 말도 잘 안 되는 말을 자꾸 만들어 본다. 관성에 지배받으며 매순간 자신의 행동을 보지도 느끼지도 못한다면 조인간이다.

하루를 살면서 정신이나 마음을 챙겨보지 못하고 그냥 물이 흘러가듯 아무런 느낌 없이 일을 하는 날도 더러 있다. 이런 날은 아무리 생각해 봐도 조인간으로 산 날이다. 행동 하나하나, 생각하는 것 하나하나, 매순간 내가 움직이는 걸 바라보고, 마음을 챙기고, 하는 일의 의미를 찬찬히 살펴보면서 살아간다면 조인간을 탈피할 수 있으리라. 기계나 로봇처럼 지낸 날은 조인간으로 산 날이다.

조인간이 되지 않으려면 늘 나를 들여다보면서 생인간인가를 따져보려고 애를 써야 한다. 조인간과 생인간은 모든 게 행동으로 나타난다. 조인간으로는 살지 말아야겠다. 나는 매일매일 생인간으로 살고 싶을 뿐이다.

나는 어느 쪽 바보?

부자가 항상 돈이 적다고 불평하는 걸 가난한 이는 이해할 수 없을 것이다. 가난할 땐 웬만한 돈도 많게 보이다가도 부자가 되어가면서 점점 적어 보이게 된다.

돈이란 쓰임새에서도 마력이 있지만, 많고 적음에서도 마술을 부리는 존재다.

부자들은 시력이나 계산능력이 나빠 돈을 제대로 못 보는가 싶은 생각을 해보기도 한다. 수조 원을 가졌으면서도 부족해서 안달하는 이들의 마음 시력은 제로에 가깝게 느껴질 때도 있다.

신하가 임금에게 뇌물을 바치려고 많은 돈을 가져왔다. 임금은 자신의 형님이 낙향하여 가난케 살고 있으니 가져다주라고 일렀다. 돈을 본 임금의 형은 일언지하에 손사래를 쳤다.

"나는 원래 가난한 사람이라 많은 돈이 필요 없습니다. 이렇게 많은 돈은 부자에게나 필요한 거니 나보다 더 부자에게 가져다주시오!"

임금 형의 말은 곰곰 되새겨 볼만하다. 돈뿐이랴. 동생이 권좌에 오르면 형은 멀리 비켜나서 동생에게 누를 끼치지 않으려고 애쓴다면 임금의 형처럼 칭송이 자자할 것이다.

돈이나 권력은 가진 이에게 더 필요하다는 게 철저하게 맞는 말인지 모르겠다.

남에게 꾸러가지나 않을 정도면 족하다는 할머니도 계신다. 아들이 말단 사원이나 공무원에 취직이나 했으면 소원이 없겠다는 어머니도 계신다. 아들딸 시집장가 보낼 돈만 있으면 족하다고도 한다. 식구가 먹고사는 어려움만 면했으면 하는 가장도 있다.

가난한 사람들에겐 우선 몇백만 원만 있으면, 조금 덜 가난한 이는 몇천만 원만 있었으면, 더 덜 가난한 사람은 몇억만 있었으면 하는 욕구는 멈추지 않고 그래프가 치올라간다. 천문학적인 액수를 가진 이들은 가난한 사람이 욕심이 없어서 그렇게 살 수밖에 없는 거라고 말하며 돈을 향해 끊임없이 돌진한다.

부자는 가난한 이를, 보고 또 봐도 바보같이 보일지 모른다. 시장을 보러 가는 바보마을 사람들이 외나무다리에서 이야기를 하고 있었다.

"어디 가는 길인가?"

"장을 보러 가는 중이네."

"올 때는 그 수레에 짐을 잔뜩 싣고 오겠구먼그려."

"그렇지."

"내가 시장에 갔다 올 때 외나무다리를 비켜주려면 한참 걸릴 건데 걱정이네. 그땐 자네가 저쪽으로 돌아서 오게."

"이 사람아, 많은 짐을 싣고 먼 길로 돌아가란 말인가!"

　현재 짐을 수레에 가득 싣고 있는 것처럼 둘은 진지하게 말다툼을 하고 있었다. 이때 소금가마니를 메고 낑낑대며 지나가던 마을 사람이 싸우는 연유를 물었다. 연유를 들은 그는 갑자기 소금가마니를 좀 붙잡아 달라더니 거꾸로 강물에다 다 쏟아 부어버리고 나서 빈 포대를 툴툴 털어서 두 사람 앞으로 내밀면서 흥분했다.

　"지금 이 포대처럼 손수레가 텅텅 비어 있는데 길 비킬 일을 벌써부터 걱정하다니 정말 자네들 바보 아닌가. 이렇게 보여줘도 모르겠단 말인가, 이 사람들아!"

　소금가마니를 쏟아버린 사람처럼 자기가 바보인줄도 모르고 남만 바보로 보는 이가 많은 세상이다.

　가난한 자는 부자가 더 돈을 모으려고 발버둥치는 걸 바보라고 하고, 엄청난 부자는 가난한 자가 욕심 없어 못사는 바보라 할 테니 바보세상 아닌가. 어느 쪽이 더 바보인지는 현명한 바보만이 현답을 알고 있을 게다.

　나는 현명한 바보는 못되지만 분명 바보대열에 낀 것만은 사실이다. 어느 쪽 바보인지 곰삭혀 생각해 보고 나도 한번 현답을 찾아 나서야겠다!

말소리

　새들에게도 사투리가 있다는 조류학자의 글을 읽은 적이 있다. 새들의 방언을 논하는 건 어디까지나 인간의 기준이 아닐지 모르겠다. 사람이 새를 보는 잣대가 과연 새에게 한 치의 어김도 없을까. 만약 새가 인간에게 말할 줄도 모르는 동물이라고 한다면 어찌한단 말인가.

　동물세계도 인간의 말소리와 다를 뿐 서로 의사소통이 이루어지고 있으니 언어가 없다고 단언할 수는 없는 일이다. 말귀를 알아듣지 못하면서 동물이 말이 없다고 속단하는 건 인간의 단견이 아닐까. 말을 못하는 이들끼리 몸과 손짓으로 대화하는 걸 보면 소리 없는 말에 경이롭단 생각이 든다. 인간이 알아듣지 못하는 동물의 말이 더 발달된 언어일지도 모르겠다. 식물과 동물들은 서로의 말 없는 교감이 잘 이루어지는 것을 짐작할 수 있다.

　인간의 귀로 듣지 못하는, 이해하지 못하는 말들이 우주엔 많다는 생각이 든다. 사람 입으로 하는 것만이 발달된 언어라고 속단하는 것도 참 우스운 일이다. 등산길에 무리지어 떠들며 내려오는 사람들 뒤에서 야기를 듣는다.

"응, 맞아 그 사람은 어딘가 좀 어눌하게 말이 서툴러."

말을 잘 못하는 이를 칭하는 모양이다.

'말이 서툰 사람이 말을 잘하는 이보다 오히려 진실할 경우도 있잖을까요?'

나는 남의 이야기에 끼어드는 게 도리가 아니라 속으로만 중얼거린다. 내 말에 동조하는 이도 있고 그냥 흘려버리는 이도 있을 게다. 말을 할 줄 안다, 말이 서툴다, 아주 달변가다. 나는 뒤처져서 내려오며 말에 대해서 여러 가지로 생각해 본다.

때마침 이름을 알 수 없는 새가 커다랗게 지저귄다. 새가 울고 있는 걸까, 지저귄다고 해야 옳을까, 노래를 하는 걸까. 말에 대해 생각하고 있는 내게 무슨 메시지를 전달하고 있는 것 같다. 새는 지금 분명 자기의 의사표시를 하고 있다. 내 아둔함으로서는 알 수가 없다.

새가 아닌 사람의 말을 제대로 알아듣기 힘들 때도 많다. 말속에 또 말이 들어 있어서 어떻게 이해할지 난감할 때도 있다. 인간도 토끼처럼 말소리가 없었으면 좋았을 거란 생각이 우쩍 든다. 인간 사회엔 말이 너무 넘쳐서 시끄러울 때가 더 많다. 말을 함부로 해서 싸움이 되기도 하고, 상대의 가슴에 상처를 입히는 경우도 있다. 인간에게도 몸짓언어로만 의사표현을 한다면 과대포장을 하지 않아 좋을 게다.

미사여구나 교언영색(巧言令色)으로 설득하려는 이는 말을 잘하는 건가, 서툰 건가. 그도 정확하게 결론을 내리기가 쉽지 않다. 본

인은 말을 잘한다고 생각하고, 듣는 이는 말을 잘 못한다고 간주할
수도 있다.

아아, 말, 그것 너무 복잡하다. 인간세계에 말이 없었더라면 지금
보다 틀림없이 좋겠지, 말, 그것 그만 생각하자.

앞서 내려가고 있는 무리들이 떠드는 소리가 여전히 산의 침묵을
뒤흔든다. 내 귀엔 여일하게 알아들을 수 없는 새소리처럼만 들리
고 있을 뿐이다.

구두쇠 영감 군고구마 먹듯

옹골찬 추위가 새벽길 나선 사람을 종종걸음으로 내닫게 재촉한다. 정원의 나무들은 겨울잠에 깊이 빠져서 침묵이다. 아니 명상에 젖어있는 중인가 보다. 정원에 있는 목련나무는 이렇게 추운 겨울인데도 잠을 자지 않고 일을 하고 있었던 모양이다. 금방이라도 하얀 나비 같은 꽃잎을 뽑아내려는 듯 도톰하게 봉오리를 만들어 놓고 있다. 겨우내 매서운 추위도 아랑곳하지 않고 꽃봉오리를 만들어내느라고 얼마나 노심초사했을까. 가까이 다가서서 보니 신비하기도 하고 한편으론 탄성이 저절로 터져 나온다. 목련나무는 언제 이렇게 만반의 준비를 끝낸 것일까.

겨울 동안의 두어 달을 잘게 쪼개보면 육십 개다. 그중 한 개씩을 다시 스물 네 토막으로 썰어본다. 분과 초단위로 더 잘게 쪼개 셈해보니 두어 달이란 겨울도 엄청나게 커다란 숫자다. '째깍' 하는 짧디짧은 순간들이 이어져서 두어 달이란 긴 시간이 된 것이다. 꽃봉오리를 준비하는 일도 초 단위의 짧은 흐름처럼 쉬지 않고 이어왔으리라. 내가 지금 봉오리를 쳐다보고 있는 이 찰나에도 멈추지 않고 목련나무는 꽃 피우는 작업을 하고 있을 게다.

내가 찬바람 쐬며 정원에서 서 있는 지금 이 순간에도 우주의 공간을 차지하고 있는 삼라만상들은 저마다 쉬지 않고 자기 역할을 수행하고 있을 것이다. 메말라버린 잔디도 땅속에서 쉬지 않고 호흡하고 있을 것이다. 잠을 자는 것 같기도 하고 명상하고 있는 것 같은 나무들도 숨겨진 뿌리에선 숨쉬기를 멈추지 않고 자기 순환을 하고 있을 것이다. 뿌리에서부터 높은 가지에까지 숨쉬기를 멈추지 않고 있을 게다.

수억 만겁 세월도 찰나가 합해져서 성립되고, 먼지가 뭉쳐져서 백두산이 된다는 걸 그 어느 누가 감히 부인할 수 있으랴.

정원의 나무들을 죄다 뽑아버리고 잔디도 다 없애버린다면, 흙도 전부 파내버리고 마지막엔 무엇이 남을까. 무엇을 정원이라 칭할 수 있을까. 집의 창문 유리를 없애고, 철근을 뽑아내고, 나무와 시멘트도 죄다 없애버린다면 어떤 것을 집이라 일컬을까. 일억 원이란 돈에서 일 원을 빼내도 사람들의 돈 거래엔 지장이 없지도 모르지만 정밀한 기계의 돈거래에선 일억 원이 아니라고 정확하게 계산해 줄 것이다.

목련나무의 꽃봉오리를 보고 있으려니 무의미하게 흘러버린 짧은 순간들이 내 생에 얼마나 많았던가를 곰곰 생각해 본다.

어떤 구두쇠 영감이 있었다. 배가 몹시 고파서 길가에서 삶은 고구마를 파는 것을 보고서 군고구마를 사 먹는다. 허겁지겁 일곱 개를 먹고 나니 배가 어느 정도 불러왔다. 한 개를 더 먹고 나니 배가 완전히 불렀다. 일곱 개를 먹었을 땐 분명 배가 부르지 않았다.

마지막 한 개에서 배가 불렀다. 순간 억울한 생각이 들었다. 마지막 여덟 개째 하나만 먹었더라면 여러 끼를 더 때울 수가 있었을 텐데 싶어 몹시 후회를 했다. 참 미련스런 구두쇠 영감이지만 그 속에는 작은 것 하나의 소중함을 역으로 생각해보게 한다.

목련나무 꽃봉오리를 만져보며 심안으로 들여다본다. 지금 이 아주 짧은 순간이 내 인생종착점의 결실이 된다는 걸 셈하지 못하고 구두쇠 영감 고구마 먹고 후회하듯 살아왔었구나 싶다. 갑자기 차가운 공기가 감전된 듯 온 머릿속이 짜릿하게 전율을 일으키고 있다.

구두쇠 영감 군고구마 사먹듯 내 인생의 마지막 짧은 한 순간이라도 매우 소중하리라.

과거와 미래

　내가 지금까지 살아오면서 눈으로 본 것이 얼마나 될까. 상상을 초월할 정도로 많을 것이다. 아직도 보지 못한 건 얼마나 될까. 측정할 수 없이 많으리라.

　지금까지 내가 본 것 중 정확하게 본 것과 부정확하게 본 건 어느 쪽이 더 우세할까. 내가 지금까지 들은 건 얼마나 될까. 정확하게 들은 것과 설들은 걸 비교해 보면 어떤 차이가 날까. 정확하게 들은 게 많을지, 설들은 게 더 많을지 알아봤으면 좋겠다. 아직도 들을 게 많은 내 귀는 여전하게 바쁘기만 하다.

　나는 지금까지 많은 말을 해왔다. 아직도 해야 할 말이 많아서 내 입은 한 짬도 쉬지를 못한다. 누구를 만나든 맨 먼저 나서는 게 입이다. 옳은 말을 하기도 하고 헛된 말도 했으리라. 아직도 더 많은 말을 할 것이다.

　생명을 유지해오면서 얼마나 많은 것을 먹었을까. 커다란 트럭으로 몇 차나 될지. 지금까지 먹은 것과 앞으로 먹을 것 중 어느 쪽이 더 많을지도 궁금하다. 아직도 먹을 게 많아서 내 배 속에선 시시 때때로 먹을 것을 달라고 신호를 보낸다.

나는 지금까지 엄청나게 많은 짓거리를 해왔다. 앞으로도 더 해야 할 짓이 많은지 바쁘게 설치기만 한다. 지금까지 가본 곳도 참으로 많다. 더 가봐야 할 곳이 많아서 또 어디론가 가보고 싶어 안달이다. 나는 아직도 하고 싶은 것, 보고 싶은 게 많이 남은 모양이다. 얼마나 지나야만 이런 것들이 싫증나서 손사래를 칠까.

나는 보고 듣고 가고 해야 할 짓거리들에 대해 여기까지 공상을 하다가 땅바닥에 막대기로 선을 그어 본다. 선을 그어 놓고 보니 양쪽 공간이 성립된다. 양 공간의 한 가운데 선이 바로 내가 서 있는 이 순간이다. 바로 현재다.

선의 안쪽은 지금까지 내가 살아온 곳이다. 바깥쪽은 지금 이후로 내가 살아가야 할 곳으로 보인다. 선은 과거와 미래의 경계를 만들어 놓는다. 땅바닥에 선을 그어 놓고 과거와 미래를 생각해 보니 무언가 조금은 구분이 되는 것 같다.

선의 밖과 안을 골똘히 집중해서 응시한다. 선의 안쪽과 바깥쪽을 한참 동안 바라본다. 이미 살아버린 쪽과 미개척지로 확연하게 분리해 주는 현재라는 선이다.

선의 안쪽을 보면서 미개척지인 바깥쪽으로 발을 디뎌보니 지나온 곳이 너무 허허롭게 느껴진다. 금의 안쪽엔 들은 것, 본 것, 말한 것, 먹은 것들이 죄다 쌓여 있다. 찬찬히 살펴보니 지난 세월들에 행한 짓거리들이 아스라이 보이는 느낌이다.

모두를 지워버리고 바깥쪽의 미개척지로 떠나고 싶어 금의 밖으로 몇 발자국 힘차게 걸어 본다. 힘이 솟는다. 이것이 새로운 곳으로 가는 재미인가 보다.

지난 곳의 체험만 짊어지고 앞으로 가는 것보다 전혀 다르게 걸어가고 싶다. 지난 세월에 익숙해진 걸음걸이보다 서툰 걸음으로 새로운 곳으로 걸어가고 싶다. 시행착오를 겪어가며 미지의 세계로 걷고 싶다. 흘러간 오늘 하루도 깨끗이 지워버리고 내일의 방향으로 걸어가야겠다. 뒤돌아보지도 말고 앞으로만 걷자.

금을 긋고 걷기 연습을 해보니 묘하게 새로운 힘이 솟는다. 여생의 길을 어떻게 걸을지 조금은 알 것 같아서 말이다.

웃음 관상

“어제 거기서 저녁 먹고 오다가 배가 빵빵 불러와서 정말 혼났네.”

중년 여인 셋이 산에서 내려오면서 이야기를 하고 있다.

“아주머니, 얼마나 큰 빵을 자셨기에 그렇게 배가 불렀어요?”

곁에서 불쑥 내미는 내 말에 의아하게 쳐다보며 내려오던 산길을 잠시 멈춘다.

“누가 빵을 먹었댔어요?”

“방금 아주머니가 빵을 두 개 잡수셔서 배가 너무 부르다고 하셨잖아요.”

“빵 먹었단 말은 안 했는데요.”

“빵을 두 개 자셨으니깐 배가 빵빵한 거 아니에요?”

몇 박자가 지난 뒤에야 박장대소를 하면서 “그 아저씨 되게 웃기네!” 하며 낄낄대고 웃는다.

남의 이야기에 불쑥 뛰어들어서 한 움큼의 웃음을 선사할 때가 간혹 있는데, 이럴 때일수록 먼저 사람의 관상부터 살펴보고 시작해야 뺨부터 맞지 않는다. 이때 살피는 게 웃음 관상이다.

'웃는 얼굴에 침 못 뱉는다.'는 우리나라 속담이 있고, '웃는 얼굴이 아니면 장사꾼이 못 된다.'는 중국 속담이 있는 걸 보면 우리 생활에 웃음이 차지하는 영향력을 무시할 수 없는 일이다. 웃음은 사람을 끄는 마력이 있지만, 잘못 웃었다가는 상대방에게 불쾌감을 줘서 일을 그르칠 수도 있다.

지인 중에 시도 때도 없이 아무 데서나 호탕하게 웃어대는 이가 있다. 때와 장소를 가리지 않고 지나치게 웃어대서 때론 부담이 가기도 한다.

호탕하게 웃어대는 그를 가만히 보고 있으면 마치 고양이와 개가 만나서 싸우는 게 연상된다. 고양이는 자기의 몸을 한껏 부풀려서 크게 보이려는 자세를 취하고 개를 노려보지만, 개는 오히려 한 발 낮추어서 자신 있는 공격 자세를 취한다. 자신이 넘치는 사람은 자기를 부풀리지를 않는다. 뻥튀기하는 사람은 공연히 호탕한 웃음을 짓는다거나 쓸데없는 말을 많이 하거나 호언장담을 늘어놓는다.

내가 아는 분 중에 좋은 일, 궂은일 가리지 않고 늘 빙긋이 웃어 넘기는 이가 있다. 그분의 웃음 앞에서는 마치 뿌리가 깊고 멀게 뻗은 나무처럼 믿음직스러움이 앞선다. 그는 성격이 꼼꼼하고 쓸데없는 농담을 함부로 한다거나 자기의 마음 문을 쉽게 열지도 않는다. 한 번 열어 준 마음은 안방까지 내어줄 정도로 믿음직스런 분이다. 얼굴이 여유 있는 것만큼 마음도 넓은 편이다. 만나면 언제나 내 마음이 먼저 편안해진다.

비쩍 마르고 아주 차갑게 느껴지는 이도 있다. 깡마른 얼굴이라고 다 그런 건 아니지만 그의 앞에 앉으면 냉기가 쌩쌩 감도는 느낌이라 함부로 대하지도 못한다.

전철을 타고 앉으면 책을 읽다가도 한 번쯤 앞에 앉은 이들의 얼굴을 유심히 살펴보는 습관이 있다. 웃지 않고 가만히 있어도 얼굴에 웃음이 묻어 있는 이도 있다. 화난 사람마냥 찡그리지 않아도 그 내면에 찡그린 모습이 보인다. 웃지 않아도 금방 웃을 것만 같은 얼굴과는 대조적이다.

대인관계에서 웃음을 적당히 활용한다는 것도 매우 중요한 일이다. 웃음을 잘못 꺼냈다가는 음률에 맞지 않는 악기가 시끄러운 공해가 되듯 일을 망가트릴 수 있다. 과장되게 웃어대는 사람은 남에게 칭찬도 잘 하지만 자신에게 돌아오는 칭찬에도 역시 약한 편이다. 만약 이런 이와 어떤 거래로 일회용 만남이라면 무조건 칭찬을 앞세우고 헤픈 웃음으로 맞장구를 치면 소기의 목적을 달성하기가 쉽다.

쓸데없이 비실비실 웃어대는 사람은 음담패설을 좋아한다. 실전에는 약하면서 세상 여자나 남자를 죄다 어떻게 해볼 양으로 음침한 웃음을 발산하기를 좋아한다. 또한 남의 말은 진지하게 들어주지 않으면서 말을 옮기는 데는 둘째가라면 서러운 사람이다. 남이 말을 하면 끝까지 듣지도 않고 헤픈 웃음을 흘리면서 결국은 내용을 자기 마음대로 조작해서 퍼뜨리는 사람이니 항상 주의하지 않으면 안 된다.

많은 사람의 인생 상담을 오랫동안 하다 보니 웃음이 차지하는 부분이 참 중요하다는 생각이 들어서 이렇게 늘어놓는다. 잘 웃는다는 것은 얼굴 화장하는 것보다 쉬우면서도 더 중요한 일이다. 돈 안 들이고 얼굴화장을 멋있게 하는 법이란 웃음이 첫째다.

웃음, 웃음을 잘 골라서 처세의 무기로 사용해 보는 것도 지혜로운 삶이 아닐지 새겨볼만한 일이 아닌가 싶다.

생각하는 사람

로댕(1840~1917)이 커다란 돌 앞에서 생각을 하지 않고 무심코 지나쳐 버렸으면 '생각하는 사람'이라는 불후의 명작을 남기지 못했을 것이다. 살아있는 사람은 눈앞에 무엇이 전개되는지 관심을 갖는다.

지금 눈앞에 사물이 왜 놓여 있는가를 자주 생각해 보는 게 내 습관이다. 나와는 무슨 상관이 있을까도 곧잘 생각한다. 로댕은 돌덩이 앞에서 많은 생각을 하고 나서 이리저리 깎아 아름다운 작품을 완성했을 것이다. 동으로 만들었다는 설도 있지만 철이든 동이든 마찬가지가 아니겠는가.

산을 오르며 로댕처럼 나무 앞에서 많은 생각 조각들을 모아본다. 나무를 한참 바라보니 좀 더 멋진 인생을 조각하고픈 생각이 든다. 심안을 크게 뜨고 나무를 관조하노라니 나무의 소리가 들린다. 마음의 귀가 쫑긋해진다. 나무들이 살아가는 모습이 말소리로 들려온다. 나무의 내면에서 깨우침의 말소리가 내게로 다가온다.

　계곡에 제멋대로 놓여 있는 돌들을 관조하니 침묵의 참모습이 보이기 시작한다. 숲을 관조하니 많은 나무들이 그물처럼 연을 맺고 살아가는 모습들이 보인다. 사람과 사람 사이를 어떻게 맺어야 하는지를 나무들이 가르쳐 주고 있다. 잠시도 멈추지 않고 어디론가 바쁘게 달려가는 계곡의 물을 관조한다. 어느새 내 안으로 들어와 영혼을 씻어내고 흐른다. 낮은 곳만 찾아다니는 겸손의 미덕을 가르쳐 주지만 나는 늘 그것을 보면서도 보지 못할 때가 더 많다. 높은 곳이면 언제나 올라가고 싶은 욕망에 사로잡힌 내게 낮은 곳도 정말 좋다는 걸 늘 가르쳐 주지만 건성으로만 보고 들으며 산다. 물은 내게 사람을 대할 때 로댕이 돌을 보듯 깊이깊이 많이많이 생각해 보란다. 나무와 돌들의 침묵언어가 말 잘하는 이가 떠들어낼 때보다 더 설득력이 있다.

　묵언하는 자연을 관조하니 진솔한 말소리가 내 영혼을 흔들어 깨워준다. 상대를 관조하다 보면 그의 영혼의 소리가 들려올 때가 있다. 침묵하고 묵언하고 있는 사람을 만나서 묵언언어를 듣고 싶다. 로댕의 생각하는 사람 같은 사람을 보고, 만나고 싶다.

　침묵하는 이 앞에 앉아서 그가, 내가 도저히 짚어낼 수 없는 무언가를 지니고 있다는 신비감에 싸였던 체험이 내겐 있었다. 침묵하는 사람 앞에서는 깊고 넓고 커다란 무엇인가의 위압감이 느껴진다.

　사람은 본 대로 생각하는 대로 만들어내려고 하는 본성이 있다. 지금 나는 무엇을 생각하고 있는가? 내가 지금 무엇을 만들어내려고 생각을 집중하고 있는가?

　나는 지금 내 인생을 만들어내려고 관조에 몰입하는 중이다. 로댕처럼 침묵하며 마음속에 진솔한 인생의 그림을 그리고 싶을 뿐이다. 로댕의 '생각하는 사람'처럼 한 티끌도 흐트러짐 없이 침묵하며 관조하고 싶다.

보는 것 중에서도 실체를 보는 것은 참으로 중요한 일이다. 듣는 것 중에서도 제대로 듣는 것도 정말로 소중한 일이다. 보고 듣고 생각하고 관조하는 것이 없어진다면 내게 인생도 없어지리라. 인생의 많을 것을 가르쳐 주는 산은 참 소중한 나의 친구다. 해서, 좀 더 자주 만나리라.

물컵에 깃든 어머니의 혼

청하지도 않은 물컵을 뎅궁 갖다놓고 돌아서는 커피숍 직원을 보니 피식 웃음이 터진다.

'옜다, 물이나 먹어라!'

엿이나 물을 먹인다는 말은 상대에게 욕을 보이는 의미로 쓰인다. 그저 갖다 준 성의를 봐서 홀짝거리다 보니 물 한 컵이 어느새 바닥난다. 담배인심이 좋다지만 물 인심에 비할 수 있으랴. 차가 나올 때까지 홀짝홀짝 마시며 생각해 취해본다. 지금 이 물이 내 배 속에 들어가면 어떤 현상이 일어날까.

마시고 나면 30초 만에 혈액에 도달한다는 건 현대 생리학이 밝혀낸 사실이다. 인체의 70%가 물로 이루어졌으니 물렁물렁한 자루와 같은 걸 잘 보존하면서 별짓거리 다 저질러가면서 살아도 툭 터지지 않는 게 참 신기하단 생각이 든다. 지금 뱃속으로 들어가는 한 모금의 물은 세포를 깨울 게다.

성인에게 하루 필요한 물의 섭취량은 1.5-2리터 정도다. 이 물은 내 안의 혈류를 원활하게 해서 혈액순환을 도울 것이다. 각종 노폐물을 소변이나 땀으로 보내는 작업도 할 것이다. 피곤할 때는 물한 컵만 마셔도 일시적으로 생기가 돋는다.

물이 담긴 컵을 물끄러미 바라보고 있으려니 살아계실 때의 어머님 모습이 불현듯 떠오른다. 어머니는 장독대에 물 한 그릇 떠놓고 새벽마다 치성을 드리셨다. 어린 나는 기도하는 엄마를 가만히 보고 있었다. 아들 명줄은 동방삭이보다 길고, 출세를 해야 하고, 가족 모두 건강해야 하고, 한 해 농사도 꼭 풍작이 되게 해달라는 요구였다. 공짜로 떠 온 물 한 그릇을 받치면서 너무 많은 걸 이뤄달라는 엄마가 욕심이 참 많다고 생각했다. 어린 그때는 그랬었다.

지금 내 앞에 있는 물 한 컵이 바로 내 어머니시다. 더러운 물, 깨끗한 물, 사람을 죽이려고 독약을 탄 물, 목마른 길손을 위한 맑고 시원한 물, 뜨거운 물, 차가운 물, 모두를 마다 않고 받아들이는 이 컵이 내 어머니시다.

커피숍이나 음식점에 들어서면 서슴없이 물컵부터 냉큼 내놓으면 '거참 물 인심 한번 좋군!' 이러다가도 나도 모르게 홀짝거린다. 요즘이야 어디 공짜로 거저 떠 오는 물이 있으랴. 정수기를 사야 하는 돈과 전기세를 지불해가면서 장만한 물이다. 한 컵의 물이 싸게 먹힌다 해도 그 가치는 대단한 것이다.

홀짝홀짝 마셔댄 물은 몸뚱이라는 생화학공장으로 들어가서 계속 작용을 일으키고 있는 중이다. 30초면 혈액에 도달한다니 지금쯤 순환펌프작용이 활발하게 일어나고 있겠지. 노폐물을 분류해서 땀으로 내보낼 것과 오줌으로 보낼 것을 쓰레기하치장처럼 분류작업을 열심히 하고 있을 것이다. 겉가죽인 피부도 맑게 만들어주는 작업도 진행하고 있을 게다.

　나는 조금 남은 물을 다시 훌쩍 마신다. 오늘처럼 조금 한가한 날이면 물컵 앞에서 살아생전의 어머님 모습을 경건하게 그려보곤 한다. 물을 마실 때마다 정성어린 정화수가 생각나서 조금이나마 어머니가 간절하게 드리던 치성을 되살려서 이어받았으면 좋겠다. 생각하다가도 금방 잊어버리곤 한다. 나도 이젠 통역 없이 어머님의 기도를 깨달을 나이가 되지 않았을까.

　유흥업소에서 공짜 물을 마실 때면 이상하게 어머님이 자주 떠오른다. 장독대에 물 한 사발 떠 놓고 자식을 위해 간절히 기도하시던 어머님의 참뜻을 언제쯤 명확하게 깨달을 수 있을지, 되새길 때마다 가슴이 아릿하게 저려올 뿐이다.

46

꽁초와 할머니

사람의 얼굴을 보고 나이를 짐작할 경우가 많지만 개인 차이 때문에 짐작이 어려울 때가 있다. 음성, 행동, 걸음걸이까지 관찰해 봐도 나무나이테처럼 명확하게 짚어낼 수가 없다. 걷는 뒷모습을 관찰해보면 십, 이십, 삼사십, 오륙십 대인지 대강은 짐작할 수 있다.

유기전서 할머니가 그릇을 들고 이리저리 살펴보고 있다. 진지한 그 모습이 내 걸음을 멈추게 한다. 신중함이 내게로 전염되어 할머니를 진지하게 살펴본다. 앙상해진 손으로 귀여운 손자를 쓰다듬듯 그릇을 어루만진다. 손가락으로 툭툭 퉁겨본다. 물이나 곡식을 퍼내는 흉내를 내보는 건 할머니의 심안엔 지금 곡식이나 물이 또렷이 보이는 것만 같다. 사물은 보이지 않는 부분이 더 많기에 육안으로만 보면 명확하게 보지 못한다는 생각이 들게 한다.

시장을 뒤로 하고 동네 모퉁이로 돌아서니 길바닥에 셀 수 없이 많은 담배꽁초들이 눈에 띈다. 걸음을 멈추고 쭈그려 앉는다. 찬찬히 들여다본다. 짓이겨서 부러트려진 것, 곱게 누워있는 것, 배가 터

저서 흐트러진 것 등등 그 숫자만큼이나 다양한 모습들이다. 담배를 피우던 사람의 성격, 피우던 순간의 기분이 꽁초마다에 묻어있는 게 심안엔 보인다.

내 호기심은 사건현장의 수사관처럼 담배꽁초의 인과관계를 역추적해 보기 시작한다. 여기까지 얼마나 많은 경로를 거쳤을까.

아침 식사도 제대로 못하고 헐레벌떡 담배공장으로 출근한 남편의 손길. 자동화된 담배제품을 만들어낼 기계를 설계한 사람은 얼마나 몰두했을까. 담배나무를 키운 농부의 땀도 배어있다. 담배를 실어냈던 운전기사는 교통위반 하지 않고 공장까지 도착하려고 애쓴 흔적도 묻었다. 수만리 타국에서 비행기나 배를 타고 온 시간, 소비된 오일도 묻어 있다. 애연가의 호주머니 속으로 쏘옥 들어가기까지는 멀고도 먼 여행이었다. 많은 시간과 사람들의 손을 거쳐 왔을 게다. 한 달 내내 일한 월급의 일부로 담배를 산 사람도 있을 게다. 뒷바라지 해준 가족의 정성도 꽁초에 담겨 있다. 이렇게 많은 사연을 담은 담배는 짧은 한 찰나에 휙 던져졌을 게다.

담배 한 가치를 뽑아 불을 붙이던 그 순간의 심정은 괴로움, 즐거움, 초조함, 명상에 젖은 사람 등등 이루 헤아릴 수 없이 다양했으리라. 사연 많은 담배는 한순간에 죽어버렸다. 사용하던 사물을 버리는 건 죽는 거나 마찬가지다.

쭈그려 앉아 담배꽁초의 사연을 열심히 읽고 있다. 누군가가 지나간다. 뒷모습을 바라보며 꽁초처럼 정보를 탐색한다. 건강, 성격, 나이 등 미로 찾는 게임을 시작한다. 그릇을 진지하게 들여다보는 할머니나, 뒷모습을 보이며 지나가는 이는 내게 메시지를 주고 있다. 진지하게 세상을 보라고 일러주는 깨달음으로 다가온다. 일미

진중함시방(一微塵中含十方). 티끌 하나에 우주가, 우주 속에 티끌 하나가 내재해 있다는 뜻이다.

책을 많이 읽은 선비가 선사 앞에서 불경을 꼬투리 잡으려고 작심하고 나섰다.

"선사님, 불경에 수미산 안에 겨자씨가 들어있다는 말은 믿기지만 겨자씨 안에 수미산이 있다는 말은 어불성설이 아닙니까?"

선사는 선비 얼굴만 가만히 보고 있다가 느닷없이 꿀밤을 탁 주고 나서,

"이 미련퉁이야, 너는 수만 권의 책을 독파했다면서!"

"네에 그랬습죠."

"대추씨만 한 머리통 어디에 그 수만 권의 책이 들어갔지?"

선비는 순간에 확 깨달음을 얻어 제자가 되길 간청했다.

보이지 않는 걸 볼 수 있는 심안이 좀 더 밝아졌으면 좋겠다는 생각이 다가온다. 사물을 육안으로 보았노라고 속단하기에 앞서 심안으로 보고 결론을 내리는 습관을 들이기 위해서, 나는 애를 쓰는 편이다. 맹인이 세상을 더 정확하게 볼 수 있을지도 모르기에.

버려진 꽁초와 그릇 고르는 할머니가 내게 심안으로 사물보기를 가르치고 있는 중이다.

내 맘이 그렇게 만드는데 누가 막아

아들이 일류대학을 나와서 좋은 직장에 취직했단다. 착한 여자를 만나 결혼하여 아들딸까지 낳아서 정말 행복했었단다. 며느리도 아주 착하고 예뻐서 가족들 모두가 만족해했다.

"잘 다녀오겠습니다!"

아들은 웃는 표정으로 늘 하던 대로 아침에 출근을 했다. 그런데 저녁에 느닷없이 교통사고로 사망통지를 받았단다.

방문객은 눈시울이 붉어지면서 울음을 쏟아낸다. 아들 잃은 어머니의 마음이 오죽하랴 싶어서 선뜻 뭐라고 위로할 말이 나오지를 않았다.

"너무 애착을 가지면 아들의 영혼이 구천을 맴돌면서 갈 곳을 가지 못합니다. 산 사람과 죽은 사람의 경계가 완전히 다른 것인데 계속 가슴속에다 담고 산다면 이승과 저승의 경계 문턱에서 오지도 가지도 못할 겁니다. 좋은 곳으로 환생하라고 정성들여 기도를 해주는 게 최선일 겁니다. 잊으려고 애쓰지 말고 좋은 곳으로 가라고 밤낮 마음으로 기도하는 정신을 가다듬어 보세요."

이런 말을 해서 돌려보낸 그 어머니의 뒷모습이 어깨가 천만근으로만 느껴졌다.

아무리 겨울이 춥고 지루할지라도 언제 왔는지 모르게 화사한 봄은 우리 곁을 찾아든다. 찾아온 봄은 가만히 있질 않고 아주 조용히 여름에게 자리를 내주고 자취를 감춘다. 여름도 봄에게서 배운 대로 조용히 가을에게 자리를 내주고 떠나간다. 가을이 알찬 결실을 자랑한다지만 언제 떠난 지도 모르게 우리 곁에서 자취를 감춰버리고 만다.

우리 곁에 행복과 불행도 늘 계절이 변하듯 어김없이 자리바꿈을 시도한다. 불행은 천천히 아무 소리 없이 행복에게 자리를 내주고 또 가야할 곳으로 떠난다. 느닷없이 찾아왔던 슬픔도 기쁨에게 자기 자리를 내주고 슬며시 없어지기도 한다. 절망이 찾아와서 희망으로 바뀌고 조용히 떠나가지만, 희망도 절망에게서 배운 대로 행복에게 자리를 아낌없이 양보하고 떠나간다.

계절이 바뀌듯, 우리에게 찾아온 온갖 것 중 영원히 자기 자리에 버티고 있는 건 하나도 없다. 어쩌면 그럴 필요조차 없는지도 모르겠다는 게 우리가 갖춰야 할 진리인지 모르겠다.

젊음은 늙음에게 양보해 주고 떠나간다. 사랑은 곧잘 이별에게 양보를 한다. 이별은 새로운 사랑을 데려다 주고 떠나기도 한다. 쉼 없는 모든 것들은 우리 앞을 그냥 지나가면서 총천연색으로 보여주는 예술품일 뿐이라고 생각하면 좋으련만 쉽지는 않다.

슬퍼하고, 좋아하고, 기뻐하는 것은 늘 내 안에 숨어 있는 '마음'이 만들어간다. 한 가지가 소멸하면 그 자리에 또 한 가지가 탄생

하는 건 변할 수 없는 원리가 아닌가. 해가 지면 밤이 오듯 세상만
사는 늘 변하면서 그 존재의 가치를 열심히 가르쳐 주지만 우리는
금방 망각하고 만다.

아들 잃은 어머니의 모습이 사라지지 않고 내 머릿속에 꽤 오랫
동안 머물고 있다.

세상사 모두가 자기 자리 내주고 떠나가 버리는 허상이 아니겠는
가. 모두가 자신의 '마음'이 만들어 내는 걸 어쩌랴!

사물들의 말소리

정성을 들여 귀를 기울이면 소리가 들린다. 육신의 귀가 아닌 마음의 귓문을 열고 있으면 사람의 말소리가 아닌 말소리를 들을 수 있다. 온 세상에 흩어져 있는 말소리들을 들을 수 있다. 명상을 하거나 사색을 하면 유형무형의 모든 존재가 다 말을 하고 있다는 걸 깨달을 때가 있다.

이른 새벽에 아무도 내 곁을 침범하지 않을 때 가장 나를 느낀다. 나만의 공간에서 나 홀로 있으면 삼라만상이 이야기하는 말소리를 듣는다.

어둠이 가시지 않은 겨울새벽에 산을 올라가면 마음이 한없이 침잠된다. 조심스럽게 더듬더듬 걸어갈 때 발길에 걸리는 돌멩이 하나가, 잡초 하나가, 흐르는 냇물이, 아직 잠에 취해 있는 나무들이 내게 침묵언어로 말을 걸어오기도 한다. 산천초목과 돌과 바위들이 이야기를 걸어온다고 생각하면서 심안을 열면 그들의 말소리가 잔잔하게 들려온다.

말을 한다고 느끼고 들으면 들을 수 있지만 하지 않는다고 생각하면 전혀 들리지 않는다. 캄캄한 어둠속의 산에서나 공동묘지 같은 데서 귀신을 보았다거나, 이상한 소리를 들었다거나, 잡귀에 홀린다는 것도 모두가 마음에서 비롯되는 일들이다.

길가에 서 있는 노목이 반쯤 죽어 있다. 썩어서 홈이 파이고 벌레와 미생물들이 갉아 먹어서 반만 살아있지만 귀를 기울이면 수많은 세월을 살아온 말소리를 들을 수 있다. 폭풍과 비바람과 엄동의 추위를 이겨온 인고의 세월 속에서 버티어 온 이야기를 들을 수 있다.

우리 집 거실에 걸려 있는 액자 속의 붓글씨도 내게 말을 걸어온다. 식구들은 귀를 기울이지 않고 무심코 스치기만 하니 그가 말하는 것을 듣지 못한다. 여가 날 때마다 액자가 하는 이야기를 듣는다. 듣기 위해서 걸어둔 것이다. '일체유심조(一切唯心造)'란 말소리를 듣기 위해서 걸어둔 것이다. 들으려고 귀를 기울이면 들리지만 유심히 듣지 않으면 걸려 있거나 말거나가 되고 만다.

가구가 하는 이야기도 듣는다. 마음의 귓문을 열면 세상의 모든 사물들이 하는 말소리를 들을 수 있다. 그들이 하는 말은 채근담이다. 철학언어다.

인생살이에 귀감이 될 수 있는 주옥같은 언어들로 말을 하지만 듣지 못하고 무심코 지낼 때가 많다. 마음의 눈으로 보고 마음의 귀를 열면 모든 사물들의 이야기를 다 들을 수 있다.

아무리 좋은 글귀의 액자를 걸어 놓아도 듣지 못하면 그냥 죽은 장식물에 불과하다. 그림이나 예술품의 액자를 걸어놓는다 해도 마음눈과 마음의 귓문을 열지 못하면 있는 거나 없는 거나 똑 같다.

거실에서 바라보이는 고색창연한 종묘 담을 보고 있으면 오랜 역사를 지닌 이야기가 도란도란 들린다. 아니, 나와 같이 이야기를 나눈다. 지나가는 길에 전봇대도 그 의미를 느낀다. 전봇대에 닥지닥지 붙어 있는 작은 광고 종이들은 더 강렬하게 말을 걸어온다.

길바닥에 구르는 돌멩이 하나, 노폐물 하나에도 그 의미가 들어 있다. 그들의 말소리가 들려온다.

'나는 생각한다. 고로 나는 존재한다.'보다 '나는 본다. 고로 나는 듣는다.'이고 싶다.

108배를 하는 이유

　서민들의 몇 년의 생활비가 됨직한 돈으로 말하기를 배우는 권력 기관이 있다고 한다. 그 기관에서 전직 아나운서 출신을 모시고 말하는 법을 배운다는 뉴스를 접하니 코미디프로처럼 기가 맥히고 코가 맥힐 일이다. 말만 잘하면 국민이 잘 살게 되는 걸까, 한숨이 절로 나온다.

　침묵과 묵언을 배워보자고 매일매일 다짐한다. 생각하는 침묵을 하고 싶어서 말이다. 귀와 눈에 거슬리는 걸 보면 입이 먼저 열리려고 먼저 설쳐댄다. 이럴 때 입이 열리는 걸 방치했다가는 후회가 금방 뒤따른다.

　입을 꼭 닫으면 말이 나오지 못하고 생각으로 바뀐다. 입속에 머무는 미완성의 말은 발효가 되다가 더 지나면 숙성되기 시작한다. 귀에 거슬리는 소리를 들어도 한 번 참으면 한 번이 두 번 되고, 두 번이 세 번으로 이자가 붙어 기하급수로 불어나기도 한다.

　묵언과 침묵은 말을 하지 않음이 아니라 꼭해야 할 말을 골라내는 일이다. 꼭 할 말만 하는 건 말이 아니라 침묵이다.

아내의 말이 귀에 거슬릴 때 입을 꼭 다물어 본다. 아들딸의 말도 마음에 거슬려 입을 더 굳게 다물어 본다. 하지만 잘 안 될 때가 더 많다. 신문이 하는 말하는 소리도 마음을 거슬리지만 또 참아보자고 다짐한다. 텔레비전 뉴스가 귀를 거슬린다. 꼭 한마디 하고 싶지만 참아본다. 그러나 잘 안 될 때가 많다. 참는 것은 말하지 않음이 아니라 생각으로 바꾸는 일이란 걸 알면서도 잘 안 된다. 묵언과 침묵은 습관이 되어야 제 기능을 발휘하게 된다는 것도 안다. 그렇지만 잘 안 된다.

새벽에 묵언기도를 한다. 백여덟 번째 절을 끝내면 하심(下心)이 조금은 보인다. 복을 달라고 떼쓰는 절은 기만이다. 나를 보는 참절을 하고 나면 내가 누구인지 조금씩 보이기 시작한다. 108배를 하는 이유가 사람마다 다를 게다. 같은 음식을 먹고도 건강한 이와 건강이 나빠지는 이가 있음과 같다.

백여덟 번 오체투지를 하면서 내 안의 깊은 곳을 들여다본다. 침묵이 보인다. 묵언이 보인다. 묵언의 양식으로 영양을 충분히 공급하며 영혼을 살찌워야겠다.

침묵하면서 살아가는 일은 참 즐거운 일이다. 그러나 잘 안 된다.

하루도 빠짐없이 백 여덟 번씩 엎드리며 나를 만난다. 절대자를 만나고 싶다는 허황된 마음보다는 가장 가까운 나를 먼저 만나고 싶다. 신에게 지배를 받기보다 나에게 먼저 지배받고 싶다.

나를 만나는 일이 참으로 좋은 일이다. 그러나 어려운 일이다. 나를 만나 침묵을 배우는 건 참 좋은 일이다. 그러나 그 또한 참 어렵고도 어려운 일이다. 조금씩 길들여져 가는 침묵이 내 안에서 자라고 있다. 참 즐거운 일이다.

오늘도 새벽 일찍 일어나 묵언과 침묵을 배우기 위해 몸과 마음을 한데 모은다. 나는 나에게서 묵언을 배우기 위해 백여덟 번 엎드렸다가 폈다가를 한다. 나는 경건한 마음으로 나에게 108배를 한다. 세상 모든 일을 잊는 일이다. 참 나를 찾아내는 일이다. 어려운 일이 아니라 아주 쉬운 일이다.

합성인간

어느 기업이 사원 모집에서 이력서와 여러 면을 종합 검토한 후에 최종 낙점을 위해서 마지막 면접을 한 번 더 보기로 했습니다. 최종 면접 담당 안내자는 정한 시간에 1층에 집합시켰습니다.

"하필이면 지금 엘리베이터가 고장이 나버렸습니다!"

안내자는 면접자들을 데리고 1층에서부터 36층 사무실까지 헉헉대며 올라갔습니다. 대부분의 지원자들이 열심히 따라 올라왔지만, 많은 사람들이 중도에 포기했습니다. 면접 장소까지 올라온 몇 명의 지원자는 결국 면접의 마지막 관문에서 합격했습니다. 중도탈락자는 당연히 불합격이었습니다.

좀 황당한 이야기 같지만 그런대로 의미가 있다고 생각됩니다. 불합격자의 입장에서는 불합리한 판단이라고 이유를 얼마든지 달 수 있습니다.

마지막 면접 이전에 모두 자격이 충분한 사람들이었기에 회사에서는 이런 방법을 택했습니다. 다만, 회사 측에서는 한 가지를 더

추가해서 면접을 본 셈입니다. 불합리한 판정이라고만 속단할 수는 없는 일이라고 생각할 수도 있는 사안입니다.

언젠가 기업체에서 교양강좌를 할 때였습니다.

"여기 일류 의대를 나와서 일류 병원에서 근무하는 소아과 의사가 있습니다. 그는 무척 이성적이고 냉철하여서 환자에게도 철두철미하게 원리원칙만 내세우지만 아주 치료를 잘하는 유능한 의사입니다. 또 한 소아과 의사는 학벌도 별로 좋지 않고 일류 병원도 아닌 곳에서 근무하는데 환자에게 치료 외에 온갖 따뜻한 정서로 아우르며 세심하게 진료를 합니다만 일류 병원 의사처럼 치료를 잘하지는 못합니다. 여러분의 자녀를 의학공부를 시켜 의사를 만든다면 어떤 의사가 되기를 원하십니까?"

이렇게 질문을 해봤습니다. 대부분의 사람들은 후자보다는 전자를 택하겠다고 말했습니다. 후자를 택하겠다는 이도 더러는 있었지만 숫자는 아주 열세였습니다.

곰곰 생각해 보니 사람들이 영특한 것 같지만 합리적이지는 못하단 생각이 들었습니다. 강의를 듣고 있는 분들이 너무 단편적인 사고에 빠져있는가 싶은 생각이 뒤따랐습니다. 자식을 의대를 보내서 훌륭한 의사를 만들고 싶다면 이왕이면 전자가 낫다고 생각할 수 있습니다. 아주 인간적인 정서를 지닌 후자를 가미해야겠다는 생각을 왜 못하는지 안타까운 생각이 들었습니다. '좌가 아니면 우다.'라는 사고로만 고착된 것 같아서 씁쓸했습니다. 능력 위에 따뜻한 인간성을 얹어서 아주 건실한 사람을 만드는 자녀교육이 필요하지 않을까 싶어서였습니다.

현대인들은 흑 아니면 백이라는 논리의 고정관념에 너무 익숙하게 사로잡혀 있는 것 같습니다. 백과 흑의 장점을 적당히 섞어서 완벽에 가까운 인간을 만드는 것이 바람직하다고 생각됩니다.

우리가 사용하는 물건이나 도구 중에 단일 재료로만 만들어진 것이 하나도 없습니다. 하나보다는 둘을 합한 또 다른 하나를 생각해내야 합니다. '나 아니면 너'보다는 너와 내가 합해 우리가 되는 게 얼마나 좋겠습니까.

나는 늘 나이면서도 타인이 되기를 명상합니다. 나와 너와 같이 혼합해서 형성된 합성인간이 되기를 늘 명상합니다.

'첫'과 '끝'

"첫눈 오는 날 우리 여기서 만나자."

곁에서 듣고 있자니 참 낭만적이라는 생각이 먼저 듭니다. 겨울이 오려면 날과 달이 많이 남았는데도 첫눈 오는 날의 약속을 하는 걸 보니 젊음의 낭만이 아니고는 상상하기 어려운 일 같습니다. 소설이나 영화장면처럼 흉내를 내는 것이 아니라 그들은 직접 영화나 소설의 주인공이 되어서 소설을 쓰고 있는 중입니다.

첫눈이 올 때는 정말 마음이 설렙니다. 어른이나 아이들이나 강아지나 함박눈이 내리면 뛰고 싶어집니다.

한여름 경치 좋은 한적한 장소에서 겨울눈을 상상하는 젊은이들이 눈처럼 아름답습니다. 사랑 약속을 했으니 그들은 어디서 무엇을 하고 있든, 오늘의 약속을 반드시 지켰으면 좋겠다는 생각이 듭니다. 내가 약속한 것같이 마음이 설레는 건 변수 많은 세상에 꼭 지켜졌으면 싶어섭니다. 그들이 약속을 지키는지 덩달아 궁금해서 첫눈 오는 날 나와 봤으면 싶은 생각이 자꾸 일어납니다.

첫사랑은 참으로 아름다워 예술이라고 생각하고 싶습니다. 첫 등교는 정말 좋아 마음을 설레게 합니다. 첫 출근도 긴장되면서 가슴을 무척 설레게 합니다. 첫 인연을 만나는 것은 무척 황홀하고 가슴 벅차서 마음을 설레게 합니다. 첫 아이를 낳을 때 부부는 정말 가슴 뛰고 아늑한 행복감을 맛봅니다. 벤치에 앉아있는 연인들을 바라보니 '첫'이란 더, 또 더, 무척, 아주 아름다운 것인가 봅니다.

아무리 아름다운 '첫'이라고 해도 오래 가면 빛바랜 '끝'이 되어버립니다. 어쩌면, '첫'과 '끝'은 똑같은 것일지 모르겠습니다. 사랑을 하다 보면, 아이를 키우다 보면, 인생을 살다 보면, 출근을 하다 보면, 학교를 다니다 보면 모두 평범한 '끝'으로 변해갈 겁니다.

살다 보면 바닷물과 냇물이 섞이듯 '첫'과 '끝'은 섞여서 하나가 되어버립니다. 첫눈은 '첫'이라고 말합니다. 끝눈은 '끝'이라고 말하지 않아서 첫눈이 돋보이나 봅니다. 많은 날짜가 흘러가야만 끝눈이란 걸 눈치채게 됩니다.

처음인 채로는 오래 있는 게 세상엔 하나도 없을지 모르겠습니다. 마지막인 채로 오래 있을 수 있는지 확실히 모르겠습니다. 처음과 마지막이 혼동을 일으킵니다.

벤치에 앉은 젊은이들의 첫눈 약속이 영원히 유효했으면 참 좋겠다는 생각입니다.

약속을 잊지 않기를 기도하는 마음으로 그들을 바라보면서 나는 나를 다시 한 번 찬찬히 바라봅니다. 내겐 처음이 얼마나 많았던가를 회상해봅니다. 정말 처음이 너무 많았던 것 같습니다. 하지만 그 처음은 처음 그대로 있는 게 하나도 없습니다.

내게 마지막은 얼마나 많았던가를 되새겨보지만 아직 마지막은 결론이 나지 않은 것 같다는 생각을 하면서 공원을 뒤로 하고 걷습니다.

갑자기 정신이 번쩍 납니다. 처음은 이젠 다 지나가고, 마지막이 저쪽에서 가물가물 다가오고 있는 게 보이는 것 같아서입니다. 내 인생에도 처음을 거쳐 왔으니, 이젠 마지막만 남았는가 싶어 가슴이 금방 썰렁해지는 느낌이 듭니다.

사랑용품 사용방법

대형마트에 들어서니 정말 많은 상품이 진열되어 있습니다. 우선 불행상품 코너로 먼저 가보니 다음과 같은 상품들을 칸칸이 쌓아 놨습니다.

우리 이혼하자. 이래가지고는 도저히 못살겠다. 허구한 날 이래서는 안 된다. 일찌감치 찢어지는 게 낫겠다. 아이구, 또 술이야. 또 밤중이구만, 하숙집이야? 이러려고 결혼했어? 일찌감치 스님이나 되지, 왜 결혼했어? 아무리 생각해도 당신과 사는 건 앞길이 보이질 않아. 한심하다, 한심해. 내가 네놈하고 이렇게 살고 있는 게 더 한심하다. 매일매일 이러고 살 바에야 차라리 죽든지 쪼개지든지 하자. 하늘이여, 내가 이렇게 살아야 합니까? 헤어져야 합니까? 비전이 안 보입니다.

이번엔 행복코너에 진열된 상품들을 보러 갑니다.

내가 결혼을 참 잘했지. 내가 당신을 만나지 않았으면 지금쯤 어떻게 됐을까, 생각도 하기 싫네. 우리가 사는 곳은 정말 행복한 집이야. 내가 이렇게 행복할 줄은 정말 몰랐어. 정말 당신 고마워. 아니야. 당신이 더 고마워. 나는 이 세상에 와서 당신을 만난 것이 최고의 행운이야. 죽어서 다시 태어난다고 해도 당신과 결혼할 거야.

양쪽 상품코너가 다 사랑용품을 파는 곳이었습니다. 어느 상품을 고르느냐는 사가는 사람에게도 어느 정도 책임이 있지 않을까요. 대부분의 사람들은 자기가 사용하는 사랑용품이 불량품이라고만 탓하는 이가 정말 많은 것 같습니다.

어떤 이는 불량품을 사왔어도 사용하는 방법에 따라서 더 좋게 고쳐 사용할 줄도 압니다. 반대로 행복코너에서 제일 좋은 걸로만 골라와서 사용하면서도 불평만 터트리는 이도 참 많답니다. 사랑용품을 사용법이 서툴러 불만인 경우와 좋은 줄을 모르고 타성에 젖어서 사용하다보니 전혀 좋은 느낌을 모르고 사용하는 이도 많습니다.

인생사 맘먹기에 따라서 결과가 달라지는 경우가 훨씬 더 많다고도 합니다. 어차피 잘못 골라온 상품이지만 아쉬운 대로 사용하다 보면, 그 상품이 더 좋아 보일 때가 생기기도 한답니다.

당신은 앞으로 어쩌렵니까? 미운 정 고운 정도 있다고 하니 좋은 상품, 미운 상품도 함께 사용해 보세요. 좋다고 전체가 좋은 건 없다고 생각해 보심이 어떨지요. 나쁜 상품도 전체로 나쁜 건 없을 수 있잖습니까. 불편하면 불편한 대로 사용해보면 좋은 점을 발견할 수 있다고들 말합니다. 좋다, 나쁘다, 가려내려고 애쓰지 않는 것이 좋지 않을까 싶기도 합니다만 어떻게 하시렵니까? 어차피 구입한 상품 사용방법을 달리 해보심이 어떨지요.

좋은 것, 나쁜 것 동시에 사용하다 보면 현명한 지혜의 눈이 떠지지 않을까 싶어서 군소리를 자꾸 늘어놓아봅니다만!

저승의 소리

핸드폰 벨이 울립니다. 아내가 죽었다고 합니다. 싸우면서도 살아가는 것이 옳은 일이었습니다.

핸드폰 벨이 울립니다. 남편 때문에 못 살겠다는 하소연이었습니다. 투덜투덜하면서도 같이 사는 게 더 나은 일이었습니다.

핸드폰 벨이 울립니다. 도저히 못 살겠으니 헤어지고 싶었습니다. 헤어지고 외로운 것보다 더 나은 일이었습니다.

핸드폰 벨이 울립니다. 남편이 암에 걸려서 오늘만 내일만 해서 괴로웠습니다. 병을 고치기보다는 죽기 전에 있는 힘 다해서 잘해주는 것이 나은 일이었습니다.

핸드폰 벨이 울립니다. 아내와 싸우고 집나온 지 열흘이 넘었답니다. 아내를 보지 않고 노숙자가 되는 일이 더 좋은 일이었습니다.

핸드폰 벨이 울립니다. 이혼서류에 도장 찍고 법원에 다녀오는 중이었습니다. 성혼서약하고 있는 신랑신부에게 물어보면 정답이 나올 일이었습니다.

핸드폰 벨이 울립니다. 이젠 내가 상담 받고 싶어서 핸드폰을 열지 않는답니다. 술 취해 갈지자로 걸어도 집에까지 간다는 취객도 있는 일이었습니다.

핸드폰 배터리가 다 떨어져 버렸습니다. 어느 길이 옳고 좋은 건지 알 길이 없어 하늘을 향해 소리쳤답니다. 넉넉하게 웃고 있는 하늘을 알려면 배터리를 갈아 끼우지 말아야 할 일이었습니다.

핸드폰은 사람이 사람에게 전하는 말이 아닙니다. 저승사자에게서 오는 연락이란 걸 알았을 때는 이미 늦었답니다. 암호문을 풀기 전에 하늘은 닫혀버리는 일이었습니다.

핸드폰이 울립니다. 핸드폰이 길가는 인간을 깨워 주었답니다. 배터리가 다 닳기 전에 귀담아 들어야 할 일이었다고 합니다.

보기 나름

"농부가 봄부터 여름 내내 땀 흘려 지은 농사를 미처 거두기도 전에 알맹이만 쏙쏙 빼먹는 얌체 주제에 뭐라꼬!"

제비가 참새에게 비아냥거린다.

"넓은 땅 놔두고 처마에 집 지어놓고 마루에다 똥오줌 발발 싸대는 너는 어떻고!"

이번엔 제비가 멋진 꼬리를 한 바퀴 휙 휘두르고 나서 전깃줄에다 입을 쓰윽 문지르며 옹골차게 대꾸한다.

"니들은 도둑 근성을 버리지 못해 지붕 끝에다 구멍을 뚫어서 숨어 살지. 그러면서도 파리 똥 만큼의 양심도 없구나!"

제비가 기세등등하게 쏘아 붙인다.

"지난번에 보니까, 너 사는 주인집 아기가 낮잠 자는데 네가 하도 시끄럽게 지저귀니까 선잠 깨서 울더라. 그리고 말이야, 너나 나나 인간이 사는 집에 세내서 살기는 오십 보 백 본데 무슨 잔소리가 그리 많니?"

"그래도 난 너처럼 그렇게 야비하게 농부의 곡식 도둑질해먹고 살진 않는다."

제비가 입을 삐쭉거리며 참새에게 윽박지르다시피 또 일침을 가한다.

"너는 누가 반갑대서 사람 사는 데까지 바싹 끼어들어가서 집을 짓고 사니? 똥오줌도 못 가리는 녀석이. 그리고 말이야, 경고하는데 도둑소리 그만 치워라!"

참새는 까불까불 제비의 주위를 맴돌다가 전깃줄에 앉으면서 소리를 한층 더 높인다.

"도둑보고 도둑이라고 한 게 뭐가 잘못이야? 어제도 주인아주머니가 멍석에 널어놓은 벼를 훔쳐 먹었잖아. 도둑근성은 절대로 못 버리면서 듣긴 싫은 모양이네. 나는 그래도 너처럼 남의 것은 절대로 훔쳐 먹진 않는다고!"

"우린 인간들이 지어놓은 곡식에 손은 좀 대지만 미련한 인간들 교육도 잘 시킨단 말이야."

"그건 또 무슨 소리야?"

"논에 허수아비 세워놓은 것 봤지?"

"그래서, 그게 어쨌다는 거냐?"

"미련한 인간들이 허수아비를 세워놓지만 우리가 누구니? 그딴 것에 속을 우리가 아니지. 허수아비 위에서 놀다가 똥도 갈겨놓고 콕콕 찍어서 찢어놓기도 했지. 그때서야 사람들은 '무지 영리하네. 인간보다 더 머리가 좋은 게 참새인가 봐!' 이렇게 말하면서 우리에게 한 수씩 배우고 있다는 걸 모르는 이 인간같이 미련한 제비야."

"그야 뭐 니들이 머리가 좋은 게 아니고 인간들이 머리가 조금 더 나빠서 그러지 뭐.”

“그리고 너희들은 질적으로 우리보다 나쁜 데가 많아.”

“그건 또 무슨 소리야?”

“너희들은 남의 부녀자들 호려내는 데는 일급 선수라며? 매초롬하게 생긴 몸매로 무도장에 가서 여자라고 하면 사족을 못 쓰고 호색놀음을 해댄다는 소문이 자자하던데 뭐. 그건 우리 새들 세계서는 다 아는 일이야.”

“그거야 우리가 잘생겼으니까 어쩔 수 없는 일 아니니? 너희들처럼 꽁지가 오종종해서 까불까불하면 어떤 여자가 좋아하겠니. 그건 말이야, 새 세계에서 제비가 제일 잘생기고 신사처럼 구니까 여자들이 사족을 못쓰는 것이지, 우리가 설쳐대는 건 절대로 아니다. 언제 한번 서울 강남의 물 좋은데 구경이나 시켜줄까?”

참새는 군침을 꿀꺽 삼키면서 게슴츠레한 눈으로 제비를 바라본다. 제비는 참새 앞으로 삐죽삐죽 옆걸음질을 치며 다가간다. 고개를 으쓱 뽑아 올리며 비비재재비비재재 한 바탕 시원하게 노랠 불러댄다.

장독대 곁 가죽나무에 앉아서 싸움을 보고 있던 까치가 기막힌 투로 꼬리를 홀쩍 돌리면서 한마디 던진다.

“녀석들 참 한심하구나. 니들 도토리 키 재고 있니, 지금? 똥 묻은 개가 겨 묻은 개 나무란다더니 니들을 두고 하는 말이구나.”

까잭까잭 까잭까잭. 웃음도 노래도 아닌 음흉한 소리를 질러대며 마당가 감나무 가지 위로 홀쩍 옮겨 앉는다.

서로 잘났다고 싸워대던 제비와 참새는 난데없이 가죽나무에서 들려오는 시니컬한 까치의 야유에 주눅이 들어서 잠시 멍해진 채로 가죽나무와 감나무를 번갈아 바라본다.

제비가 참새 곁으로 바짝 다가가며 귓속말로 소곤댄다.

"저 까치도 말이야, 참 나쁜 데가 많은 놈이야."

참새는 몸뚱이를 서너 번 깝죽깝죽하고 나서 제비에게로 다가가 존경스런 눈빛을 보낸다.

"내가 어제 봤는데 말이야, 학교 앞에 전봇대 있지."

"응. 근데?"

"하구 많은 곳 다 두고 그 전봇대에다 집을 지었지 뭐야. 전기회사 아저씨들이 와선 얼마나 욕을 해댄 줄 아니. 전기에 감전 돼서 까치가 죽는 건 그렇다 치고 단전이 된다며 성이 있는 대로 나서 악을 써대더라고. 저 자식이 집을 지으면 단전뿐만 아니라 잘못하면 불이 난다고 야단이더라고. 거기다 집짓는 것이 그렇게 위험한 일인 줄 나는 미처 몰랐는데 어제 아저씨들 성낸 걸 보고야 알았어. 정말 위험천만한 녀석이지."

까치는 참새와 제비가 조잘대는 소리를 못들은 체하고 까잭까잭 까잭까잭 곱지도 않은 소리를 질러대고 있다.

까욱까욱 까욱까욱, 까마귀 한 마리가 큰 날개로 휘익 돌면서 큰 소리를 질러댄다.

"너희들 말이 맞다. 까치란 놈은 정말 나쁜 놈이다. 쟤가 좋지 않은 목소리로 짖어대면 사람들은 공연히 반가운 손님이 오니 어쩌니 하면서 좋아하잖아. 그건 저 자식이 원래 의심이 많아 낯선 사람이 동네 들어오면 소리를 질러대는 습성 때문인데 미련한 인간들이 그렇게 해석을 한 것이란다. 땅까지 파헤쳐가면서 농부들이 피땀 흘려 가꿔 놓은 고구마나 감자를 게걸스럽게 먹어대질 않나. 참새 너는 곡식알갱이는 좀 먹지만 땅까지 파는 극성은 부리지 않잖아. 제비 너도 정말 신사야. 농부들이 지어 놓은 곡식은 절대로 먹지 않지. 단지 부녀자들 꼬셔내는 일만 뺀다면 천하 신사지. 생기기도 잘 생겼으니까 말이야."

제비와 참새는 웃으면서 감나무를 쳐다본다. 창피한 까치는 이미 어디론가 사라져버리고 말았다.

살아 있는 존재들은 모두가 장단점이 있지만 보는 견해에 따라 달라지는 법이다. 장점을 보면 더 좋아 보이지만, 단점에 초점을 맞추면 더 나쁜 게 많아 보인다. 장점을 많이 보는 세상이라면 반목(反目)과 질시(疾視)가 없는 세상으로 진화되련만.

수억 년 전해온 씨앗

그는 아버지가 그려 놓은 그림을 찾아봅니다. 아무리 찾아봐도 아버지가 그린 그림은 한 점도 안 보입니다.

그의 아들도 아버지가 그려 놓은 그림을 열심히 찾아보고 있습니다. 아무리 찾아보아도 아버지가 그린 그림이 또렷하게 보이질 않습니다. 눈 씻고 찾아봐도 그림 한 점 없는 백지일 뿐입니다. 다만, 낡고 녹슬어버린 백지만이 폐지가 되어 굴러다닐 뿐입니다.

그도, 그의 아버지도, 그의 아버지의 아버지도 그림을 그리고 갔답니다.

그의 아들의 아들도, 그 아들의 아들 또 그 아들도 그림을 그리고 갈 것이라고 합니다.

말하고 웃는 동물에게만 태어나기 바쁘게 그림도구를 쥐어 줍니다. 반드시 그려놓고 가야 한다니 인간 아닌 동물이 부럽다고 투덜댑니다.

그림을 찾으려고 고개가 빠지게 하늘을 쳐다봅니다. 뿌리인 발가

락이 뻐근하게 아파오도록 말입니다.

똑같은 그림을 그리고 똑같은 그림을 찾다가 하루의 해를 넘깁니다. 캄캄한 어둠이라야만 참된 그림을 그릴 수 있다는 걸 깨닫는 순간 날이 밝아버립니다.

조상대대로 그림을 그려왔습니다.

자자손손 그림을 그릴 것입니다.

하늘이란 허공에만 그림이 걸려있는 줄을 정말 모르나 봅니다.

너무 알기에 모르는 동물

태어난 아이도 그 행동을 유심히 살펴보면 거스르지 않는다. 아기는 모든 행동을 자연의 법칙에 잘 순응해서 살아간다.

길바닥에 기어 다니는 개미나 벌레도 우주의 법칙을 거스르지 않고 살아간다. 곤충들도 우주법칙대로 살아간다. 각종 미생물도 자연법칙을 따르며 살아간다. 육안으로는 볼 수 없는 미생물도 우주법칙을 거슬리지 않고 생명을 유지한다.

많이 배우고 많이 아는 인간은 자연법칙을 거스르며 살아간다. 더 많이 아는 사람은 우주의 법칙을 더 잘 위반하며 살아가려고 안간힘을 쓴다. 많이 아는 인간은 우주법칙을 역이용하기에 바빠 자기 생명을 제대로 유지하지 못한다.

내 친구는 성경을 15번 읽었노라고 내게 당당하게 말했다.

"쉿! 너, 많이 읽었단 말은 누구에게도 발설치 말어! 성경을 많이 아는 성직자가 싸움질하다가 감옥에 갔다. 간음사건도 저질렀다. 불경을 많이 아는 스님도 권력을 차지하려고 몽둥이찜질하다가 법정에 섰다."

이런 말을 하고 나니 참 멋쩍었다. 인간은 100% 온전하게 살지 못하고 반만 살거나, 삼분의 일도 제대로 살지 못하고 마감한다. 정해진 우주자연의 법칙은 모든 생명들을 공존하게 만들었지만 인간은 그것을 아는 체하면서 절대로 모른다. 인간만이 그 법칙을 알지 못한다. 아니, 알지 못하는 게 아니라 너무 알아서 알지 못하는 것이다.

인간만 거스르다가 생을 마감하면 그만인 것을 식물이나 동물들에게도 강요하여 그들의 생명을 100% 살지 못하게 만들어 버리기도 한다. 동물과 식물, 생존하는 모든 것들에게 그 법칙을 역행하라고 강요하여 곤욕을 치르게 하는 게 인간이란 동물이다.

생존하는 모든 것들이 병들어가면서 아우성치는 걸 보고도 못 본다. 아니, 너무 많이 보고 너무 잘 보기 때문에 명확히 보지를 못한다.

인간은 삼라만상에게 거스르며 지내라고 윽박지르며 못 견디게 한다. 삼라만상은 자연스러운 삶을 이어가기를 원한다. 그 이유를 인간만 모른다. 아니, 너무 알아서 모르는 것이다.

과학을 앞세워 자연법칙을 깨닫는 건 한없이 좋은 일이지만 그것을 잘못 활용하여 거스르게 하는 건 진정한 과학일 수 없다. 과학은 진리를 찾는 학문이 아니고 자연법칙을 찾아내는 인간 활동이라고 하기도 한다. 자연법칙이 성립하는 이유를 설명하는 것이 과학의 이론이라고 하는데도 그것을 악용하면서도 얼마나 많은 과오를 범하고 있는지를 모른다. 아니, 너무 알아서 모르는 것이다. 인간은 너무 알아서 모른다.

인간은 너무 많이 보고 잘 보기 때문에 잘 보지 못한다. 인간은 또 너무 많이 듣기 때문에 잘 듣지를 못한다.

알아서 모르는 것이 나을까. 몰라서 모르는 것이 더 나을까. 그 실체와 진실을 알 수가 없어 기어가는 개미에게 물어본다. 벌레나 곤충에게 물어보면 정답을 가르쳐 줄지 모르겠다. 그들은 분명 정답을 알고 있을 거란 생각이 드는 건 인간보다 우위에 있는 것 같아서다. 그들이 하등한 동물인 인간에겐 가르쳐 주지 않는다고 한다.

걸어 다니는 간판

보석세공 상가에 간판들이 연달아 붙어 있다. 각양각색의 얼굴이 앙증스럽기도 하다.

'나는 누굽니다. 여긴 뭘 만듭니다.'

간판들이 지나가는 이들에게 열심히 말하고 있다. 죽은 건 하나도 없다. 간판이 참 많다. 말을 가르치는 간판, 자고 가라고 말하는 간판, 쉬면서 차 한잔하라고 손짓하는 간판도 있다. 번화한 거리를 거닐면 수많은 간판들의 말소리를 듣는다. 간판이란 게 없다면 불편한 점도 많을 게다. 한 끼 밥은 굶어도 간판 없인 못 살 것 같은 착각이 든다.

사전엔 간판주의란 말이 있다. 실제능력보다 출신 배경을 먼저 보는 사고방식이라고 기록되어 있다. 이런 뜻을 풀어보면 사람도 늘 간판을 짊어지고 다니는 거라고 할 수 있겠다. 사람에게 붙어 있는 간판은 거리의 간판보다 더 활발하게 살아 움직인다. 제마다 작거나 큰 간판을 짊어지고 다닌다. 취직이나 결혼을 할 때는 그 사람의 간판부터 먼저 따져본다.

이웃과 단절된 공간인 아파트에선 같은 건물에 살면서도 무슨 간판을 달고 다니는지 모르는 경우가 더 많다. 이웃 사람은 간판을 읽지 못하지만 직장에선 어떤 간판을 달고 다니는지 훤히 알게 된다. 친구 사이의 간판, 직장 사회에서의 간판들이 제각각 다르다. 같은 동네에서도 간판을 읽지 못하지만 자기가 늘 생활하는 터전에선 간판이 활발하게 살아 움직여서 잘 읽히게 된다.

간판주의 세상이다. 새삼스런 일은 아니다. 오래전부터 간판주의란 말이 전해지고 있었다. 아주 태곳적으로 거슬러 올라간다면야 모르겠지만.

나는 무슨 간판을 달고 있는 건가. 건물 간판처럼 샅샅이 내 간판을 살펴본다. 가장 가까운 내가 무슨 간판이 붙어있는지 자세히 잘 보이질 않는다. 아무리 살펴봐도 알 수가 없다. 내 눈엔 내 간판이 잘 보이지 않지만 만나는 사람들 저마다의 눈엔 확실하게 보일 것이다. 불량간판으로 보는 이도 있을 게고, 그렇지 않게 보는 이도 더러 있을 것이다.

건물에 붙은 간판은 타인에게 보이기 위해서 붙이는 것이다. 사람의 간판도 자신이 보기위해 붙이는 게 아니다. 남들이 읽어주는 견해에 따라 다르게 보이기도 한다. 간판이라고 해서 학벌이나 능력보다는 보는 이가 어떻게 읽는가가 더 중요하다.

건물에 붙어 있는 간판을 보고 무엇을 하는 곳이란 것을 파악하듯, 사람도 어떤 사람인지를 알려면 그 간판을 자세히 살펴봐야 한다. 한번 나쁘게 알려지면 좀처럼 고쳐지지 않는 것이 사람의 간판이다. 도둑놈, 살인자, 거짓말쟁이, 선량한 이, 꼼꼼한 이, 융통성 없는 이, 성질 급하고 못된 이 등등의 간판이 한번 붙어버리면 좀처럼 고쳐지지를 않는다.

간판에 정신 팔려 걷다보니 내게 붙은 간판이 더욱 궁금해진다. 건물 간판처럼 명확하게 보이질 않아서다. 남이 더 정확하게 보는 게 간판인가 보다.

사람의 간판은 하루아침에 구성되는 게 아니다. 가구에 때가 끼듯 오랜 세월 속에서 그 사람의 언행과 성격과 마음 씀씀이와 업적 등에 의해 주위사람들의 뇌리에 심어지는 것이 그 사람의 간판이다. 주변 사람들이 본인보다 더 정확하게 읽어낸다.

내 주위에 있는 사람들은 내 간판을 어떻게 읽을까, 두려운 생각이 앞선다. 아무렇게나 달고 다닐 일도 아니다. 남의 간판도 함부로 읽어낼 일도 아니란 생각이 자꾸 든다.

물방울로 목걸이 만들기

　돈이 많으면 일류대학도 가게 만들고, 좋은 가문끼리 결혼도 하고, 권력도 만들어내는 세상이다. 돈 중심이 된 사회가 어제 오늘 일은 아니지만 요즘 들어서 더 극성을 부리며 사람의 숨통을 꽉 틀어쥐고 쩔쩔매게 한다. 하찮은 돈 몇 푼을 강탈하려고 부모나 형제를 가리지 않고 저승으로 보내버리는 매정한 사람들이 섞여 사는 세상이다. 아아, 생각만 해도 답답하기 그지없다.

　옛날에 절대 권력자인 임금님께 무남독녀 공주 하나가 있었다. 어느 날 비가 쏟아지는데 낙숫물을 물끄러미 바라보고 있던 공주는 처마 밑에 떨어지는 물방울이 오색영롱하게 비쳤다가 사라지고 또 생기는 것에 도취해 있었다.

　공주는 임금께 저 영롱한 물방울로 목걸이를 만들어달라고 졸라댔다. 왕은 명령만 하면 안 되는 일이 없는 세상에 구슬 하나 못 만든다는 게 무척 자존심이 상했다. 그래서 대신들을 죄다 불러들였다. 대신들은 얘기를 듣고서 서로 눈치만 살피며 말을 못했다.

한 대신이 그건 절대로 만들 수 없는 일이라고 직설을 고했다. 보아하니 평소에도 바른 소리를 서슴지 않던 자라 임금은 단칼에 목을 베어버렸다. 그 광경을 본 늙은 대신 하나가 앞으로 나서며 자기가 한번 만들어보겠노라고 조아렸다. 늙은 대신은 물방울로 목걸이를 만들 때 공주 외엔 아무도 못 들어오게 하라고 왕께 간청했다. 물방울만 하염없이 바라보고 있는 대신에게 공주는 빨리 만들어달라고 보챘다.

"공주마마 세상엔 없는, 참으로 아름다운 물방울 구슬입니다. 목걸이를 만들어 드리겠습니다."

공주는 손뼉을 치며 너무 기뻐했다.

"공주마마, 제가 저걸로 예쁜 목걸이를 만들겠으니 저를 좀 도와주십시오."

"무엇이든지 시키면 다 해주지."

공주는 무척 기뻐서 들떠 있었다.

늙은 대신은 물방울을 꿰맬 실을 들고서 빨리 만들려면 어서 물방울을 하나씩 건져달라고 했다.

공주는 손에 닿는 것마다 사라져버리는 물방울을 한참동안 잡으려고 안간힘을 썼다. 잡는 대로 감쪽같이 사라져버리는 물방울을 보면서 공주는 자신의 어리석음에 한없는 부끄러움을 느끼면서 늙은 대신에게 미안하다고 말했다. 자신의 어리석음을 깨달은 공주는 늙은 대신에게 정말 고맙다고 정중한 인사를 난생처음 하게 된 것이다.

인간의 본성도 망각한 채, 권력을 휘두르거나 돈의 노예가 되어서 남의 생명까지도 파리 목숨보다 못하게 여기는 요즘의 사람들이 그 공주나 왕보다 더 못난이들이 아닌가 싶다.

인지가 발달하고 과학문명이 눈부시게 진보한 오늘날, 인간이 만들어 놓은 돈에 옴나위없이 묶여서 쩔쩔매고 있는 게 어리석은 공주와 뭐가 다르랴. 정신을 잃고 헤매는 현대인들이 사는 지금, 숨통이 막힐 때도 많다.

혼몽한 현대인들은 아름다운 물거품으로 목걸이를 만들려는 어리석음에서 왜 깨어나지 못하는 걸까. 아무리 탄탄한 권력이거나 재벌이 가진 천문학적인 돈도 병들고 죽음이 눈앞에 이르러서는 한갓 아름다운 물거품인 것을.

아둔한 공주가 되지 않고, 군림하는 왕이 되지 않는 세상이 그립다. 허상에 휘둘리지 말고 좀 더 진지하게 생각하며 살아갈 수는 정녕 없는 걸까.

우리 인간이 만들어 놓은 권력은 인간을 위해 어떤 존재일까. 우리 인간이 만들어 놓은 금전은 인간을 위해 어떤 존재일까. 진정한 삶의 본질을 위해서는 꼭 먼저 알아야 할 난제들이다. 보다 진지하게 사색하고 명상하며 답을 찾아보리라.

59

두 손으로 살기

잘 익은 군밤 까서 먹기. 잘 익은 바나나 까서 먹기. 잘 익은 삶은 고구마 껍질 벗겨서 먹기. 잘 익은 삶은 계란 까서 먹기. 잘 익은 삶은 옥수수 뜯어 먹기. 잘 익은 귤 까서 먹기. 내 인생도 이렇게 잘 익어있으면 참 좋겠습니다.

이런 것들을 먹을 때 나는 두 손으로 질펀하게 먹어야 맛있다고 생각하며 먹습니다. 이런 먹을거리들은 우아하게 폼 잡고 먹으면 맛이 없는 것 같지요.

만약 사랑을 먹는 것이라고 한다면 어떻게 먹어야 제 맛이 날까요. 한 손으로 먹는 사랑보다는 두 손으로 먹는 사랑이 훨씬 더 맛있지 않을까 싶습니다. 두 손도 모자라면 온몸으로 먹는 것이 더 맛있을지도 모르겠습니다.

우리 어머니는 일찍이 이런 원리를 깨달았나 봅니다. 새벽마다 장독대에 정화수(井華水) 한 그릇을 두 손으로 정성들여 올렸습니다. 절대로 한 손으로는 비시지 않고 두 손으로만 빌었습니다.

기도를 할 때는 두 손을 간절하게 모아서 합니다. 무슨 일을 하든 간절하게 두 손으로 하면 기도처럼 정성이 들어가리라고 생각합니다. 절대자에겐 한 손으로 기도를 드리지는 않습니다.

먹는 것도 두 손으로 먹는 게 더 맛의 정성이 들어갑니다. 젓가락으로 콕콕 찍어 먹는 것보다는 두 손으로 집어 먹는 게 더 맛있는 음식도 많습니다.

두 손이 합해지는 행위에는 정성이 많이 들어가지만 한 손으로 하면 그 절반에도 영 못 미치는 것 같습니다. 한 손으로 하는 일을 건성으로 하기 쉽고, 또한 거만해질 수도 있습니다.

어른을 대할 때도 정성을 들여서 두 손을 모읍니다. 어른에게 무엇을 드릴 때도 두 손이 일합니다. 어른이 주시는 것을 받을 때도 예외 없이 두 손이 동원됩니다.

두 손이 가는 곳엔 정신과 마음과 몸이 일치하여 정성이 배가 됩니다. 이렇게 소중한 두 손을 놔두고 한 손으로 건성으로 사는 인생은 싫습니다. 두 손을 모으고 인생을 살아가야겠습니다.

혹시 불행하게 한 손이나 두 손을 잃으신 분께는 정말 미안합니다. 하지만 그분들에게는 이미 아름다운 마음의 두 손이 건강한 사람의 두 손보다 훨씬 더 기능을 발휘하리라고 믿고 싶습니다.

언제나 두 손을 앞으로 당당하게 내놓고 살고 싶습니다. 앞으로 남은 인생 두 손으로 살아가자고 간절하게 두 손을 부여잡고 다짐을 한 번 더 해봅니다.

공짜

　어렸을 때는 엄마에게서 공짜로 밥을 얻어먹었습니다. 누나가 공짜로 업어줬습니다. 형이 공짜로 데리고 다녔습니다. 객지에 나와서 고생하며 살았다지만 넓은 세상천지 공짜로 얻어먹고 살은 셈입니다. 결혼해서 아내에게 공짜로 밥을 얻어먹었습니다. 아내는 내게 공짜로 빨래도 해줬습니다. 아내가 내게 공짜로 돌봐준 게 무척 많습니다.

　돌아서서 찬찬히 살펴보면 내 곁에는 모두가 공짜입니다. 산에 가면 공짜로 구경을 합니다. 공짜로 신선한 산소를 마십니다. 공짜로 꽃과 열매를 보고 즐깁니다. 공짜로 냇물은 연주해줍니다. 새들도 공짜로 노래해줍니다.

　내가 이 세상에 왔다가 너무 많이 공짜로 누리고 살아왔습니다. 눈 뜨면 먹고 마시는 것 모두가 공짜로 얻은 것들입니다. 산에서 조잘대는 물소리는 내게 공짜로 맘대로 가져가라고 하는데도 모르고 살아왔습니다. 각종 산새들의 아름다운 음악콘서트도 공짜로 하는

데도 공짜인 줄을 이제야 알았습니다. 산에 금을 그어서 임자를 다 표시해 놓았습니다. 죄다 등기를 해서 임자가 있습니다만 그 속에 들어가는 것도, 아름다움을 만끽하는 것도 죄다 공짜입니다. 남의 것이라도 아름다움을 공짜로 맘대로 섭취할 수 있습니다. 산에 있는 모든 자연의 아름다움도 공짜로 감상합니다.

하늘에 떠 있는 별에게서도, 달에게서도, 태양에게서도, 구름과 비에게서도 공짜로 에너지를 얻습니다. 온 누리에 공짜인데도 나는 지금껏 그것을 잘 몰랐습니다.

사람들은 많은 것들이 공짜인 줄도 모르고 대가를 지불하고 독차지하려고 경쟁을 합니다. 온 세상 것들을 가지려면 값비싼 대가를 지불한다고 하지만 궁극에 가서는 공짜입니다. 노동대가를 지불했다고 펄쩍 뛸 분도 있겠지만 곰삭혀 생각해 보면 공짜인 게 분명합니다. 대가를 지불한 것들은 너무나 미미해서 거의 공짜에 가깝습니다.

세상은 모두 공짜입니다. 내 인생도 공짜 인생입니다. 공짜로 이 세상에 왔다가 공짜로 갈 것이 분명합니다. 이 세상에 와서 공짜를 누렸으니 원도 한도 없습니다. 공짜로 왔다가 공짜로 가는 이 인생에 무슨 미련이 있겠습니까.

참 인생은 행복합니다. 공짜를 누리는 인생은 더할 수 없이 행복합니다.

아가씨와 스님 걸음걸이

요즘은 보기 어려운 광경입니다. 누더기를 걸치고 가는 스님의 발걸음이 정갈한 느낌이 다가옵니다. 나는 스님이 지나가는 뒷모습을 하염없이 바라봅니다. 저 옷이 저렇게 낡아서 누더기가 될 때까지 얼마나 많은 시간을 삼켰나 싶어서입니다.

시간을 많이 먹은 나무는 아주 커다랗게 됩니다. 옥상 화분에 심은 배추도 시간이란 주식과 물이란 반찬을 먹고서 몰라보게 자랍니다. 집에서 20m 거리에 있는 종묘 숲 속에 오백여 년의 세월을 먹고 살아온 노거수는 정말 많은 시간을 먹었다는 표시를 하고 있습니다. 장엄한 노거수는 지금도 시간을 먹으면서 먹는 것만큼 또 자라고 있습니다.

스님이 입은 누더기 옷도 오랜 시간을 먹은 흔적이 보입니다. 스님의 뒷모습을 바라보면서 내 마음속을 들여다봅니다. 내 마음은 얼마나 시간을 더 많이 먹어야만 누더기의 연륜을 자랑할지 모르겠습니다. 시간을 더 많이 먹고 세월을 더 많이 먹고 나면 내 맘도 스님 옷처럼 누더기의 위력을 발휘할지 모르겠습니다.

헌 것이 된다는 것이 경건하게 보이는 건 내 생애에 썩 흔치 않은 일입니다. 헌 것은 시간을 먹은 것만큼의 그 무게를 지니고 있습니다. 사람도 헌 사람이 되면 보이지 않는 무게를 담고 있을 거라 생각됩니다.

말끔히 차려 입고 굽 높은 구두를 신은 아가씨가 또각또각 발소리를 내며 지나갑니다. 누더기 옷을 입은 스님과 대조가 됩니다. 두 걸음걸이가 확연히 다릅니다. 젊은 걸음걸이에서는 싱싱하고 발랄한 생산이 느껴져서 좋습니다. 고전적인 스님의 걸음걸이에선 무겁디무거운 삶의 철학이 느껴집니다.

젊은 걸음걸이도, 스님 정도 나이의 시간을 먹고 온 나는 허하기만 합니다. 철없이 아무렇게나 걸어온 걸음걸이밖에 없었던 것 같아서 말입니다. 생기발랄함도 무겁디무거운 걸음걸이라도 모두가 나를 깨우며 지나가고 있습니다.

지나가버린 두 걸음걸이가 내 머릿속에서 오래오래 머물고 있습니다. 해서, 인생은 태어나서 죽을 때까지 걷는 연습만 하다가 마는 것인가 싶습니다.

두 걸음걸이를 보고 나서 허무해지는 게 아니라 꽉 차는 느낌이 듭니다. 두 사람이 발자국을 남기고 지나간 길이라서 다시 걷는 나의 발걸음이 한 걸음 한 걸음 놓일 때마다 신중해집니다. 남은 인생길을 어떻게 걸어야 할지를 곰곰 생각해보게 하는 두 사람의 걸음걸이입니다. 왠지 마음속이 자꾸 뿌듯하게 충만해지는 것만 같습니다.

지금 하고 있는 일에 하나만 더

"엄마, 바보 아냐? 그걸 버리면 어떻게 해!"

"알고 버렸냐?"

모자의 다툼소리가 지나가는 골목 창 너머로 넘어와 내 귓가를 맴돈다. 아들이 아끼는 물건은 이미 고물수집가를 통해서 행방을 알 수 없는 곳으로 가버리고 말았을지 모르겠다. 모자의 다툼 속에는 물건의 애착과 대수롭잖게 여김의 차이에서 생기는 것 같다.

우리가 살아가고 있는 세상에는 아주 소중해서 자신의 살만큼이나 아끼는 물건도 더러 있을 것이다. 애인처럼, 아내나 남편처럼, 어쩌면 그 이상으로 아끼는 물건도 있을 게다. 골프채를 쓰러뜨렸다고 아내에게 눈썹을 곤두세우는 남편도 있을 법하다.

아무리 좋아하는 물건이라도 언젠가는 반드시 없어지게 마련이다. 곁에 있던 사람도 저승으로 훌쩍 떠나버리게 된다. 사랑도, 지독한 미움도, 증오도 언젠가는 봄눈처럼 녹아 없어지게 된다. 한 세상 살다 보면 많은 것들이 우리 곁을 떠난다.

인간이 산다는 건 어쩌면 좋았던 것과 싫었던 것들과의 이별의 연속이라고 할 수 있겠다. 영원히 좋은 것도 영원히 미운 것도 없으리라. 사랑하는 것은 때가 묻어서 타성에 젖기 전에 조금만 더 관심을 갖고 대한다면 더 사랑스러워 보인다. 좋은 걸 일부러 조금만 더 느끼려고 애쓰면 현재보다 더 좋아질 수 있다.

새로 들어온 가구는 산뜻하고 좋다. 많은 시간이 지나고 나면 탈색되고 때가 착색되어서 좋은 느낌도 자꾸 탈색이 되어 좋음은 절감하고 만다. 소중한 것, 아끼는 것을 지금 이 순간에 더 소중하다고 느끼려고 하면 그보다 더 소중함으로 발전해간다. 귀중함도 더 귀중하게 느끼려고 애쓰면 더 귀중함으로 자라나게 된다.

모자가 버린 물건으로 다투는 걸 들으니 공연히 내 마음이 무거워진다. 제 생명을 다하지 못하고 떠나간 인간들이 얼마나 많을까 싶어서다.

6·25사변, 5·16쿠데타, 5·18 광주민주화운동, 강도사건, 치정살인 사건 등 시시때때로 제명을 다하지 못하고 사라져간 사람들의 모습이 생뚱맞게 머리를 스쳐간다. 제대로 쓰임새에 사용하지 못하고 버린 물건처럼 얼마나 많은 인간들의 다하지 못한 생명이 끊어졌을까.

사람도 식물도 물건도 제 생명을 다하지 못하고 떠나는 경우가 많다. 잊어버리기도 하고 잘못 사용해서 망가지는 것이 어디 물건뿐이랴. 사람의 생명도 잘못 사용해서 병이 나거나 사고사로 죽는 경우도 많다. 음주운전을 하다가 스스로의 생명을 다하지 못하고 자신이나 타인의 생명을 중간에 버리는 경우도 허다하다. 음주운전을 하다가 사람의 생명까지 망가트려 버리는 경우가 얼마나 많

은데, 버린 물건 하나를 가지고 모자가 아침부터 저렇게 과격하게
다툴까.

　현재 진행형인 사랑도 좀 더 집중해서 사랑해야만 망가트려지지
않고 점점 사랑이 자라나게 될 것이다. 잘 살려고 노력하는 중에 조
금만 더 잘 살려고 노력을 첨가한다면 더 잘 살아질 것이다. 지금
하고 있는 일에 집중하는 것에다 조금만 더 집중을 보태면 일은 더
잘될 것이다. '하면 된다.'는 말 위에다 조금만 더 하면 더 잘 된다.

　모자가 다투는 소리는 멀어졌지만 무엇인가 내 맘속을 자꾸 후
비고 있다.

　다툼소리가 아침산책길에 나선 내 뇌리에서 지워지질 않는다.

돌멩이 사랑

"민지야, 여기서 제일 맘에 드는 돌 하나 주워서 기념으로 서울에 가져가면 어떻겠니?"

"그럴게요. 무척 예쁜 돌이 많네요!"

많은 날들 파도에 깎이고 깎여서 둥글둥글 조약돌이 되었다. 똑같은 게 하나도 없다.

"야아, 이것 멋있다!"

"아냐. 이런 정도는 너무 흔한 돌멩이야."

주위에 흔하게 있는 남자에게 쉽게 넘어가지 않았으면 싶은 내 생각도 민지에게 보낸다.

바닷물이 추르르추르르 밀려들며 우리의 대화에 끼어든다.

"민지야, 이건 어때?"

"아아, 참 예쁘네요."

"예쁘기도 하지만 좀 특이하지 않니?"

어린 아이 주먹 정도의 돌멩이다. 검은색과 노랑, 주황색이 주종을 이루는데 찬찬히 살펴보니 무지개색이 다 들어있는 것 같다. 기이한 돌멩이다. 바닷가에서 이리저리 휩쓸려서 탈색되고, 착색된 돌멩이가 참으로 신기하다.

"이걸 가지고 갈래요. 책상 위에 갖다놔야지."

서울에서 바닷가를 처음 구경한 민지는 그 돌멩이가 좋은 기념품이 될 것이란 생각이 드는 모양이다.

"이 돌멩이 가져가서 네가 가장 사랑하는 남자 친구에게 줘라."

"네에?"

"이건 그냥 돌이 아니라 철학을 담고 있는 돌이다."

"그건 무슨 말씀이세요?"

"지금 이 돌이 우리 인생을 이야기하고 있지 않니?"

"점점 알아듣기 힘든 말씀만 하시네요."

"세상에서 가장 사랑하는 남자에게 주라는 건 단순한 돌이 아니라서 그래. 오묘한 의미를 담고 있어. 여러 색깔을 나타내듯 연인끼리도 때와 환경에 따라서 다른 생각, 또 다른 모습을 보이며 실망할 때도 있는 법이란다. 사랑엔 오해와 곡해도 꼭 따라다니는 법이지. 처음 프러포즈할 때나, 결혼식장에선 공주 모시듯 평생 받들어 모실 것처럼 오만가지 제스처를 다하고선 몇 년이 지나면 입에 담지 못할 육두문자를 써대기도 하다가 나중엔 찢어지는 경우도 많이 봤어. 이 돌과 같이 여러 색을 지니고 있는 게 사랑이란 걸 미리 알면 실망할 필요도 없고 대비할 수도 있잖겠니. 순백의 사랑으로만 착각하면 안 된다. 그래서 이 돌을 가장 사랑하는 남자에게 주라는 게야. 아무리 여러 색을 지닌 사랑이지만 그것을 잘 극복하면서 이 돌처럼 평생토록 썩지 말자고 얘기하면서 주란 말이야. 오래오래

뒤도 벌레도 먹지 않고 쉽게 상하지도 않고 녹슬지도 않는 그런 사랑을 하자고 맹세하면서 줘보렴."

"아아, 멋있는 말씀이네요!"

수백만 원짜리 다이아몬드보다 더 소중하게 꼭 쥐고 활짝 웃는 민지의 얼굴이 넘어가는 황혼 빛에 반사되어 정말 순수해 보인다.

값비싼 선물보다는 더 좋은 선물, 오래오래 간직할 의미를 지닌 기념품이 되었으면 좋겠다는 생각을 하면서 더없이 즐거운 웃음을 머금고 있는 민지의 얼굴을 다시 한 번 쳐다보며 자갈밭을 천천히 걷는다.

아버님 제사 때문에 내려온 바닷가에서 생질녀의 딸과 함께 걷는 데이트길이 세월의 무상함을 느끼게 한다.

공짜로 주운 돌멩이. 그 의미를 깊이깊이 새기며 연인과 함께 간직했으면 좋겠단 생각을 하면서 석양의 낙조를 바라본다. 나이 무게가 갑자기 내 어깨를 짓누른다.

착각의 즐거움

'자기가 뭐 공주(왕자)나 되는 줄로 착각하네!'

이런 말을 들어본 경험은 누구에게나 있을 법하다. 공주(왕자)냐고 비아냥거림을 받는 이는 착각에서 깨기 전까진 정말 행복하리라.

현실이 고통스런 이에겐 착각이 진통제 역할을 할 때도 있다. 진통제를 복용한다는 건 치료가 되지 않는다고 생각하기가 쉽지만 그렇지 않은 경우도 있다. 순간적으로 통증이 멈춘 후 각종 신생세포들이 활발하게 움직여 아팠던 자리를 복원하는 게 아닌가 싶은 경험을 한 적도 있다.

절망에 빠진 사람에겐 자신의 능력을 셈하지 않고 꼭 이룰 수 있다는 착각은 진통제다. 그이는 목숨을 버릴 정도로 나를 사랑할 것이라고 착각하는 순간만은 정말 행복하리라. 만나는 사람마다 나를 좋아한다고 생각하는 것도 착각일망정 이 얼마나 행복한 일인가.

나는 남보다 잘생겼고, 남이 못 하는 일을 잘하고, 어디를 가나 인기가 짱이고, 만나는 이성마다 나를 좋아하고, 친구 중에서도 제일 잘났다 등등의 상상을 일부러 해보는 것도 순간의 행복을 위해선 괜찮으리라 싶다.

이 세상에 영원히 살아있을 거라는 착각은 누구나 자신도 모르게 한다. 짧고 험난한 세상, 착각 같은 상상이 없다면 살맛나지 않을 게다. 착각은 아편이다. 병약한 이에겐 진통제다. 약한 체질엔 보약이고 영양제다.

나는 진짜 착각은 싫어한다. 일부러 해보는 착각은 아주 좋아한다. 혼자 조용히 앉아서 온갖 착각을 불러들여보면 무척 행복해진다. 베타엔도르핀과 도파민이 팍팍 쏟아지게 하는 '착각' 기법은 내 삶의 위안이며 즐거움이기도 하다. 온갖 착각을 다 불러들여 환상 세계를 만들다보면 오락게임에 배고픈 줄 모르는 격이다. 몇십 분만이라도 착각을 불러들이는 게임을 하고 나면 돈 들여 영화 한 편 본 것보다 낫다. 어떤 사실을 실제와는 다르게 지각하거나 생각하는 일을 익숙하게 행할 수 있다면 즐거운 일이 아닌가.

착각(錯覺)이란 어떤 대상, 현상을 실제와 다른 대상 현상으로 잘못 본다거나 듣거나 느끼는 것. 또는 어떤 사실을 실제와 다른 상태로 잘못 생각하거나 이해하는 것이라고 했다.

일부러 다르게 생각하고 사실과 다르게 느껴보면 그 순간은 마음이 정말 즐거워진다. 적어도 그 착각이 깨기 전까지는. 일부러 만든 착각이 깨어난 뒤에도 실제로 즐거움이 지속된다는 걸 나처럼 행해보지 못한 이는 이해가 가지 않을 게다.

종종 착각을 불러들인다. 나의 현실을 환치시키는 일에 특별한 비용이 드는 것도 아니다. 흘려보낸 짧은 시간의 대가치고는 정말 효율적이다.

착각, 이것이 없다면 내겐 사는 재미가 많이 감소될 것이다. 일부러 하는 착각은 일부러 행복을 만든다. 공상이나 몽상이라 해도 실제의 느낌은 아주 흥미가 넘치는 일이다. 착각 속에선 권력자도 재벌가도 아주 쉽게 될 수 있다. 세상 모든 사람들을 다 지배할 수도 있다.

나는 사는 재미의 에너지가 좀 떨어진다 싶은 순간이 찾아들면 자주 '착각' 기법을 활용해 본다. 나만의 즐거운 '착각' 비법을 은근히 즐기면서 회심의 미소를 띠며 말이다.

후손을 위해 살아볼까

고조할아버지의 고조할아버지 또 그의 고조할아버지의 사진 한 장이라도 있었으면 참으로 좋겠단 생각이 든다. 고고고고조 할아버지의 사진과 내 사진을 비교해보면 어떤 점이 다르고, 또 어떤 면이 비슷하고 닮았을까 무척 궁금하다.

내 조상들 중 누구 한 분이라도 일기를 써 놓았더라면 싶은 생각이 일기를 쓸 때마다 떠오르곤 한다. 그 증조할아버지는 무슨 생각을 하면서 어떤 생활을 하고 지냈을까도 궁금하다. 그때의 내 조상들은 지금보다 영리했을까. 지금의 나보다 지식은 적었을지 몰라도 지혜는 더 많았을지 모르겠다.

오래 전의 할아버지를 생각하니 세월 속에 묻어가는 오늘이 헛되지 않게 살았으면 싶은 생각이 간절해진다. 손손손손 손자의 손손 손자에게 전해줄 삶을 나도 살았으면 참 좋겠단 생각이 자꾸 든다. 그렇다고 높은 관료나 재벌이 된다거나 특출한 인기인이 되고 싶은 건 아니다. 재력을 많이 모아 군림하거나 어떤 자취를 만들어 놓는 건 더 더욱 아니다. 그냥 동물처럼 살고 싶을 뿐이다. 참새처럼 사는 건 또 어떨까. 생각하고 또 생각해 봐도 결론은 인간처럼 살면 안 되겠다는 생각밖에 들지 않는다.

내가 잘못 생각하는 걸까. 세상이 잘못된 것일까. 쉽사리 분별이 잘 되지 않는 걸 어쩌랴. 인간은 서로 죽이고 싸우기를 서슴지 않는다. 질투하고 투기하고 함정에 빠트리기를 즐기거나 일삼으며 살아간다. 동물보다 월등하게 그런 일을 더 잘한다는 생각이 드는 걸 어쩌랴. 동료를 죽이지 않는 참새보다 인간을 잘 죽이는 사람이다.

바보처럼 살았노라고 기록해 놓고 이 세상을 떠나갔으면 싶은 생각이 간절하다.

잘 사는 것은 지금 저 정원에 내려앉는 참새에게 배우는 일이다. 나는 지금 저 참새를 하찮게 여기지만 참새는 나를 어떻게 여기고 있을까가도 궁금하다. 참새보다 더 잘난 게 인간일까. 아닐 게다. 인간보다 더 잘난 게 참새일 게다. 지금 내 생각이 그렇다는 게다. 참새와 인간을 비교해 보니 쉽게 현명한 답이 도출되지 않는다.

오늘 내가 살아가는 모습을 기록해 두면 후손들이 제대로 이해해 줄지 모르겠다. 내가 현재를 위해서 사는 것보다 후손을 위해서 산다면 참 좋으리란 생각은 간절하지만 쉽게 되지를 않는다. 지나가는 순덕이 아버지와 아래뜸 덕순이 아바이는 그 말이 맞는 말이라고 맞장구를 칠지 모르겠다만!

아내에게 뺨맞고 깨달은 부자

노인은 세상에서 이룰 것은 다 채운 것 같아 행복하기만 하다. 평생 동안 돈만 안다는 수전노 소리를 들어가면서 이젠 어마어마한 갑부가 됐다. 돈은 엄청 많아 걱정이 없는데 하루하루 늙어가는 것이 한스럽기만 했다. 늙지 않는 불로초나 영원히 죽지 않는 약이 세상엔 없을까 하는 생각에 잠겨 지내는 부자 노인이다. 재산이면 모든 것이 해결될 줄로만 알고 악착같이 긁어모았는데 막상 허전한 생각마저 들었다.

"이 약을 먹으면 너는 영원히 죽지 않고 살 것이다."

부자는 백발노인이 던져주는 작은 병을 받아들었다. 그런데 죽지 않고 살되 두 가지 지켜야 할 일이 있었다. 첫째는 혼자만 먹어야 하는 약이라서 나누어 먹으면 효험이 없었다. 또 한 가지는 재산을 다 버려야만 약효를 볼 수 있는 것이었다.

부자는 어떠한 조건이라도 죽지 않고 살 수만 있다면 받아들이겠다고 결심했다. 평생 모아온 재산 앞에 망설임이 앞섰지만 영원히 산다는 것이 너무나 매혹적이었다. 그러나 재산을 버린다는 게 고민되기 시작했다. 지혜 있는 자를 찾아 자문을 구하기로 했다.

아주 높은 자리에서 권력을 휘두르는 친구에게 물었다. 친구는 '너는 지금까지 돈 버는 일에 익숙해있으니 다시 돈은 모을 수 있을 거다. 망설이지 말고 그 약을 당장 먹는 게 좋겠다.' 라고 말했다.

두 번째로 돈을 엄청 많이 벌어 부러울 것 없이 떵떵거리며 사는 친구에게 물었다. 그러나 '그 약을 내게 주면 내 재산을 몽땅 다 털어줄 테니 내게 달라.'는 말을 듣고 도망쳐 나왔다.

친구 집을 나오다가 자기 집에 날품팔이를 하러 자주 왔던 노동자를 만났다. 부자는 하찮은 품팔이꾼에게 지나가는 말로 기대 없이 고민을 던져보았다.

품팔이꾼은 부자에게 '가족을 사랑하느냐', '친구를 좋아하느냐'고 물었다. 부자는 물론이라고 대답했다. 그러자 품팔이꾼은 '올해 태어난 곡식은 종자만 남기고 기꺼이 죽어갑니다. 당신이 죽으면 자손들이 곡식처럼 대대로 살아 줄 것인데 무슨 미련이 있습니까? 하면서' 당장 약을 버리라고 했다. 약을 먹고 혼자 영원히 살면 가족과 친구가 너무너무 보고 싶을 것이라고 했다.

부자는 그때서야 감탄하면서 무릎을 탁 쳤다.

"이 양반이 곱게 잠이나 잘 일이지, 내가 뭘 잘못했다고 뺨까지 때려요?"

꿈에 너무 도취해서 자기 무릎을 친다는 게 옆에서 자고 있는 아내의 뺨을 사정없이 때려버린 것이다. 아내는 망설이지도 않고 남편의 뺨을 사정없이 되갚음으로 때렸다. 부자는 아내에게 되받은 뺨자국을 어루만지면서 오래오래 살고 싶은 생각이 징그럽도록 몸서

리쳐졌다.

세상에 존재하는 것들 어디 영원한 것 하나나 있으랴. 돈도 명예
도, 내 몸뚱이도 가족도, 친구도, 호화찬란한 영화도, 모두 언젠가
는 죽어버리거나 사라져 버릴 게 아닌가. 죽기 전에 자신과의 관계
를 잘 이어가며 살아가는 것이 부자에게도 가난뱅이에게도 다 똑같
이 부여받은 인간의 책임이 아니겠는가.

오래 살려고 몸부림치는 부자보다 가난하더라도 올바르게 사는
연습이나 하다가 마쳤으면 참 좋겠다. 그런데도 세상 살다보면 그놈
의 '부자'란 게 위력을 부리면서 유혹을 해대니 사람들이 반쯤 정신
이 나가서 헐레벌떡이며 사는 게 아닐지.

부자 친구, 권력자 친구보다 가난한 노동자를 만나는 꿈이라도 한
번 꿔봐야겠다.

나를 찾는 법

배낭을 짊어지고 산행을 나선다.

반드시 집으로 되돌아오기 위해서 나서는 길이다.

돈을 모으려고 애쓴다. 언젠가는 반드시 쓰기 위함이다.

살아왔기 때문에 때가 되면 반드시 죽을 것이다.

받는 것은 언젠가는 반드시 되돌려 주게 되는 것이다.

일어나면 언젠가는 반드시 앉게 된다.

잠을 깨는 것은 잠을 자기 위해서다.

내가 남에게 욕을 하면 반드시 그 욕이 내게로 되돌아오게 된다.

비가 오면 식물은 자란다.

싸움을 하면 언젠가는 반드시 화해를 하게 되어 있다.

꽃이 피면 열매를 맺는다.

태어나서 죽지 않는 것은 하나도 없다.

기분이 나쁘면 반드시 좋아질 때가 있다.

먹으면 반드시 배출한다.

함박눈이 녹기 위해서 펄펄 내리고 있다.

따뜻한 봄이 오기 위해 겨울바람이 무척이나 차갑다.

나쁜 사람은 언젠가 착한 사람이 될 때가 반드시 있을 것이다.

흉악무도한 사람도 지나다가 물에 빠져 허우대는 사람을

건져주는 착함도 있다.

착한 사람 맘속엔 나쁨이,

악한 사람 맘속엔 착함이 함께 들어 있다.

연인으로 맺으면 한 번은 꼭 헤어진다.

헤어지면 반드시 다시 만나게 된다.

어둠속엔 밝음이 담겨 있다.

밝음 속엔 어둠이 섞여있게 마련이다.

위를 보면 아래를 알 수 있다.

큰 것은 언젠가 작아지게 된다.

작은 것을 통해서 큰 것을 확인할 수 있다.

모든 것은 안과 밖이 공존한다.

인생은 오고 감이다.

나를 잃어버리면 반드시 내 안의 나를 찾을 수 있다.

나를 잃어보지 못하면 나를 찾을 수도 없다.

내가 신앙심을 갖는 것은 나를 찾기 위함이다.

나를 잃어버린 데서부터 출발해야 나를 볼 수 있을 것이다.

나는 새벽마다 결가부좌를 하고서

나를 잃어버리는 작업부터 시작한다.

나를 잃지도 않고서는 절대로 나를 찾을 수 없기 때문이다.

찾는 즐거움

우리 주위엔 많은 보물들이 있다. 갖고 싶은 것과 이루고 싶은 것들이 무수히 숨어있는 보물인 셈이다. 내 손안에 누군가가 쥐어주기만 기다리는 사람이 있는가 하면, 끊임없이 찾아나서는 사람이 있다.

이천사백여 년 전에 지구를 밟고 다녔던 소크라테스 할아버지는 네 자신을 알라고 했다. 어떤 설은 그 할아버지가 하신 말씀이 아니라고도 하지만.

부처가 된 석가모니도 이천 오백오십여 년 전에 지구에 오신 이유를 인간을 구원한다거나 죄를 사해주러 온 것이 아니라고 했다. 석가모니 부처님도 이 세상에 '찾으러' 오신 게 이유다. 누구나 내 안에 깨달음을 상징하는 '부처'가 이미 되어있다는 걸 인간에게 알려주기 위해서 왔노라고 설하셨다. 누구나 마음속에 깨달음의 불성이 있으니 자신의 깨달음을 알아내라고 하셨다.

이천여 년 전에 이 땅에 오신 예수님도 우매한 인간들에게 하나님을 '찾는 일'을 다시 일깨워주기 위해 오신 것이다.

바꿔 말하자면 세상에 태어난 인간은 누구나 무엇인가를 평생 동안 '찾아야한다'는 이야기다. 숨어 있는 성공이란 걸 찾기 전에 자신을 먼저 찾는 게 올바른 순서가 아닌가 싶다. 자연 속에는 우리 인간에게 필요한 보물이 정말 많이 숨겨져 있다는 생각이 든다. 누구나 노력하면 쉽게 찾아낼 수 있을 정도로 깊지 않게 숨겨 놓은 것들이다.

누군가가 손에 쥐어주기만을 바라고 찾으려고 노력을 하지 않는 사람도 정말 많다. 노력을 해서 애써 찾아내고 또 찾아내는 기쁨이 넘치도록 찾아나서는 이들도 많다. 돈도 명예도 권력도 사랑도 건강도 평온한 마음도 행복도 불행도 모두 자기 자신이 찾아내는 대로 가지게 되는 법이다. 홑몸으로 텅 빈 주먹을 쥐고 이 세상에 태어나서 많은 것을 찾아서 가지게 된다. 그중엔 두 명이나 세 명이 쌍둥이로 세상에 오는 경우도 있지만.

우리가 사는 건 찾는 일이며, 누군가가 찾아다 주기를 바라서는 절대로 안 된다. 자신이 믿는 하나님이 숨겨놓았다고 해도 좋다. 자기 자신의 신앙 대상인 부처님이 감춰두었다고 해도 좋다. 알라신 천지신명이나 하느님이 숨겨 놓았다고 해도 좋다. 자기가 믿는 산신님이나 조왕신, 터줏대감이 꼭꼭 감춰 났다고 한들 어떠랴.

대자연 속에는 이 많은 보물들이 숨겨져 있다. 그냥 찾기만 하면 내 것으로 등기를 할 수 있어서 좋다.

성공도 실패도 자기가 찾은 결과물이 아니겠는가. 좋은 인연을 만나서 새로운 가족을 만들어 행복해지는 것도, 그 반대도 모두가 자기 자신이 찾는 것이리라.

특수한 기술을 연마해서 훌륭한 사물을 제작하는 것도 자기 내면에 있는 모든 것을 찾아내는 일이라고 할 수 있겠다.

아침에 눈을 뜨고 나면서 오늘을 무엇을 찾을까 가슴 뛰는 설렘을 맞이하는 것도 좋으리라. 나는 늘 아침에 일어나서 단전호흡을 하고, 명상하고, 기도하면서 오늘 하루에 무엇을 찾을까, 얼마나 많을 것을 찾을까, 좋은 친구를 찾을까, 필요한 돈을 찾을까, 아주 좋은 인연을 찾을까, 어느 누구한테 얼마나 좋은 말 보시를 할 수 있을까를 기대한다. 이렇게 잔뜩 기대를 하다 보면 하루의 시작이 신선하게 느껴진다. 가슴이 설렐 때가 많다.

게으름 피우지 말고 부지런히 찾는 일에 전념하는 것이 인생살이를 알차게 잘 하는 비결이 아닐까 곰곰 생각해 본다.

깨진 돌멩이 하나에

내 인생길은 언제나 닦여있는 길이 아니다. 내가 매일 새로운 길을 내면서 걸어가는 것이다. 내가 해야 할 일이 만들어진 것이 아니라 매일 만들어가는 것이다. 태어난 사람은 반드시 죽는다. 할 일을 전부하고 죽는 것이 아니라 일부를 살다가 가거나 산다는 변두리만 맴돌다가 가는 사람도 많다.

인생길 대부분은 경험 없이 처음 가는 길이다. 결혼을 두 번, 세 번이나 한다고 해도 언제나 새로운 사람과 처음으로 하는 결혼이다.

깨진 돌멩이가 있다. 속살이 아직 허연 걸로 봐서는 쪼개진 지가 얼마 안 된 게 분명하다. 어쩌다가 허연 속살을 드러내고 부서졌을까.

"내가 성질 더럽게 급한 놈 만나서 이 모양 이 꼴이 되었다오. 우락부락 다혈질인 녀석이 제게 걸러서 넘어졌지요. 무릎에 핏방울이 송송 맺히는가 싶더니 얼굴이 붉으락푸르락하더니 내게 분풀이를 했답니다. 지가 잘못해 넘어져놓곤 내가 잘못한 것처럼 씩씩거리며 이렇게 박살을 냈답니다. 참 어이가 없어서……. 나를 기어코 뽑아내서 저기 있는 형을 번쩍 들어 올려 나를 내려치지 않았겠소. 내가 깨지지 않으니깐 이번엔 저쪽에 엎드려 있는 큰형님의 등짝에다 올려놓고 형을 번쩍 들어 내려치지 않았겠소. 결국 내가 이렇게 세 동강이 나고 말았수다. 처음엔 몹시 화가 났지만 큰형님 말대로 화를 내는 건 돌이 할 일이 아니라는 말을 되새기면서 참기로 했죠. 참다 보니 죄 없이 두들겨 맞고 조각나버린 몸뚱이로 그런대로 살 만합디다. 머릿속이 시원해지더라고요. 머릿속에 바람도 쐬고 비바람에 쓸려서 내려가면서 둥글둥글해져서 냇물 구경도 하고, 저 먼 바다구경도 할 희망이 생기니 즐겁기 그지 없다오.”

깨진 돌멩이 말을 듣고 보니 길바닥에 무척 많은 돌들이 있다는 것이 새삼스럽다. 등산길엔 뾰족뾰족하거나 둥글거나 길쭉길쭉하거나 펑퍼짐하거나 다양한 돌들이 촘촘히 박혀 있다. 자칫 한눈팔다가는 걸려 넘어지기 십상이다.

눈이 와서 쌓이거나 얼었을 때는 정말 조심해야 한다. 비가 와서 미끄러울 때도 자칫 넘어지기 쉽다. 등산길에 수많은 종류의 돌들이 수없이 박혀 있는 것은 등산객들에게 조심하면서 걸어 다니라는 암시가 아닌가 싶다.

길은 언제나 조심조심 걸어야 하는 법이다. 부모가 걸어가야 할 부모의 길은 자식이 보는 앞에서 더욱 조심조심 걸어야할 일이다. 자식이 걸어가야 할 자식의 길은 부모 앞에서 늘 조신하게 걸어야 할 일이다.

아내와 남편이 같이 걷는 것 같지만 면밀히 따지면 자기의 길을

걷고 있는 셈이다. 서로를 바라보면서 자기의 길을 조심스럽게 걸어
야 할 길이 아니겠는가. 세상 사람들 모두가 자기만이 꼭 걸어야 할
길이 반드시 있는 법이 아니겠는가. 남의 길을 대신 걸어갈 수는 절
대로 없는 법이다.

　길바닥에 놓여있는 모난 돌이나 뾰족뾰족한 돌들은 사람들이 조
심스럽게 걸어야 한다는 암시를 주고 있다. 잘난 체하는 인간들에
게 길 걷기를 가르치고 있는 중이다.

　내 아들딸도 이따금씩 이런 산에 올라와서 기분 좋다고 '야호!'만
하지 말고, 아름다운 경치에 도취하지만 말고 지금 이렇게 무참하
게 깨져있는 돌멩이 하나라도 찬찬히 볼 줄 알았으면 참 좋겠단 생
각이 자꾸 든다.

　돌멩이는 그냥 돌멩이가 아니다. 나무는 그냥 나무가 아니다. 지
저귀는 새는 그냥 새가 아니다. 이 모든 것들이 내게 다가오면 다시
새롭게 탄생해서 나를 각성시키는 거룩한 존재들이다.

　'제기랄, 길바닥에 박힌 돌멩이 하나를 알아보기가 이렇게 어려워
서야 인생을 어떻게 잘 산다고 장담할 수 있겠는가!'

　나는 스스로에게 군담을 내뱉으며 멈춰 섰던 등산길을 다시 오르
기 시작한다.

70

맹인 아내 보듯

남자는 사랑에 목숨을 걸지만 여자는 그건 사소한 일이라고 생각하여 목숨까지 걸지 않는다고 말하기도 한다. 하지만 여자라도 사랑에 목숨을 걸어보려고 덤빌 때가 있단다. 돈과 함께라면 말이다. 풍미하던 세상을 바라보면서 '된장녀'니 '고추장녀'니 이런 말도 근거가 있는 말이란 생각을 하게 한다.

맹인은 아내의 목소리만 듣고 세상에서 제일 예쁜 아내라고 생각하면서 살았다. 마음이 한없이 착하고 남편 시중을 잘 들고 있으니 얼마나 예쁜 아내인가. 맹인은 상냥하고 예쁜 아내 덕분에 맹인이란 것도 개의치 않고 정말 행복한 인생살이를 하고 있었다.

어떤 기회에 40년 동안 장님으로 지내던 남편 앞에 행운의 여신이 닥쳐왔다. 의학의 발달로 인해 어느 죽어가는 사람으로부터 눈을 기증받게 되었다. 정말 가슴 설레는 날을 병원에서 기다리고 있었다. 마침 눈의 안대를 푸는 날이 닥쳐왔다. 생각보다 눈의 수술이 잘 되어서 다시 세상을 태어난 기분이 되었다.

남편에게 예쁘다고 매일 칭찬만 받고 살아오던 아내는 종적을 감추고 말았다. 얼굴에 붉은 점과 납작코, 들창코를 차마 남편에게 보여주지 못했던 것이다.

눈을 뜬 남편은 아내가 두고 간 편지를 읽으며 아내의 얼굴이 어떻게 생겼는지를 처음 알게 되었다. 그래도 예쁜 아내를 이별하고 눈을 떴지만 남편은 아내 생각에 더 불행해졌다. 결국엔 자신의 눈을 찔러서 장님을 다시 만들고 싶은 간절한 심정은 아내를 정말 사랑했기 때문이었다. 스스로 장님을 만들어버리고 나서 아내를 찾아 나선 남편은 옛날처럼 예쁜 아내와 행복하게 살기만을 꿈꿨다. 온 세상을 헤매고 다니면서 아내를 찾아다녔다.

세상 모든 건 육안으로만 보는 게 아니다. 특히 아름다운 것이나 예술품을 볼 때는 육안만으로는 제대로 봐지지 않는다. 참으로 귀중한 보물은 눈으로 보는 것이 아니라 마음의 눈으로 보아야 하는 것이다. 눈으로 보는 것이 아무리 아름답다고 해도 다른 것과 비교가 되기 때문에 절대 아름다울 수가 없는 일이다.

예쁘고 아름답게 보았던 것도 더 예쁘고 아름다운 것이 눈에 보이면 먼저의 예쁨은 자연적으로 사라져 버리게 된다. 심안으로 예쁘다고 단정하고 나면 쉽게 멀어지지 않는다.

진정한 아름다움은 마음의 눈으로 보는 것이라고 해도 괜찮을 것 같다. 마음의 눈으로 보는 아름다움은 깊이 생각하고 느끼는 것이다. 겉의 아름다움이 아니라 속의 아름다움까지 보려면 심안이 아니면 보지 못한다.

심안으로 아름답다는 건 단순한 아름다움이 아니라 종합적인 아름다움일 수도 있다. 겉눈으로 보는 것은 그냥 바로 들어오지만 속

눈으로 보는 것은 그 정체를 다시 한 번 더 따져보게 된다. 진정한 아름다움은 마음속에 숨어 있다.

겉눈으로 볼 때는 아름답지 않은 사람도 그 행동이나 말과 마음이 아주 예쁘고 착하게 느껴질 때는 마음으로 보기 때문이다. 종합적인 아름다움은 점수를 많이 줄 수도 있다.

장님이 못생긴 아내를 세상에서 제일 아름다운 여자로 바라보듯, 세상사 모두를 겉으로만 보지 말고 그 속에 내재해 있는 것을 종합적으로 보는 마음의 눈이 열렸으면 참 좋겠다.

겉눈만 뜨고서 세상사 모두를 제대로 보는 양 속단하는 내 근성, 장님이 자기 아내를 보는 것처럼 언제쯤이나 세상을 볼 수 있는 내 심안이 환하게 떠질 건지!

무엇을, 어떻게 배울까

"실례지만 뭣 좀 물어봅시다. 긴 수염으로 봐선 세상 오래 사신 것 같은데 바다가 어딘지를 알려주실 수 있죠?"

"이 바보야, 네가 지금 살고 있는 여기가 바다야!"

"여기가 뭍이지, 무슨 바다예요? 수염만 많이 길었지, 어른 물고기도 별 수 없네. 나는 바다를 꼭 찾고 말게야."

어린 물고기는 중얼거리면서 열심히 바다를 찾아 나서고 있었다.

이런 생각을 하고 있는데 까치집 하나가 문득 내 시선을 끌어당긴다. 종묘 상수리나무에 까치집이 있다. 까치집은 언제 어디서 보아도 정겹다. 아마 까치집을 털던 철없던 시절의 추억이 묻어 있어서일 게다. 뱀이 까치집으로 기어 올라가는 걸 보고 까치 새끼가 죽을까봐 조바심에 돌멩이를 집어던지고 막대기로 긴 뱀을 떨어트리던 추억도 있다. 시멘트 숲으로 황막하게 둘러싸인 도회지에서도 까치집은 수십 년 동안 먼지 묻은 책장을 한 장 한 장 넘기듯 어린 시절로 나를 데리고 간다.

날개를 꺾인 것처럼 푸드득거리면서 땅에 떨어질듯 말듯 날아가는 뱁새를 보면 틀림없이 주위에 뱁새 집이 있다. 알이 있거나 새끼가 꼬물거리고 있다.

뱁새는 아이들도 손 쉽게 닿을 수 있는 자잘한 나무 위에다 집을 짓는다. 실같이 마른 풀뿌리나 풀잎들을 칭칭 감아 지은 집. 그 안에 부드러운 털로 푹신하게 깔고 알을 낳아 새끼를 깐다.

어미가 새끼를 보호하기 위해서 적이 가까이 오면 일부러 날개가 다친 것처럼 푸득거리면서 잘 날지 못하는 시늉으로 적을 유도한다는 것을 어른이 된 후에야 책을 읽으면서 깨달았다.

새끼를 보호하는 뱁새라는 것을 노벨상을 수상한 리처드 도킨스의 이기적인 유전자란 책을 통해서 뒤늦게 알게 된 뒤로 뱁새 어미에게 못된 짓을 많이 했구나 싶다. 그런 시늉으로 적을 멀리 유도하다가 뱀이나 다른 천적에게 잡아먹힐 때도 있다고 한다. 하등동물의 자손을 퍼트리기 위한 본능적인 행위가 눈물겹다.

인간도 자식 사랑에 대한 모성이 정말 강하다고 생각을 해왔었는데 우리 주위에는 그 반대의 사건들이 너무 많이 일어난다. 인간으로서 해서는 안 될 아픈 사연들이 많다.

미혼모가 아이를 낳아 쓰레기통에다 버리고 도망갔다는 뉴스는 제발 그만 들었으면 좋겠다. 자식들을 차례로 목 졸라 죽이고 자살하려다가 엄마만 살아난 사건, 남편의 배신에 어린 자식을 죽이고 도망친 엄마. 차마 다시 되새겨보기가 끔찍할 정도로 소름끼치는 뉴스들을 태연하게 들어야 하는 인간들. 세상이 왜 이렇게 돼 가는지 아무리 생각해도 모르겠다.

마른 겨울나무에 덩그마니 얹혀있는 까치집이 차가운 바람에 흔들거리고 있다. 숲 속 그 많고 많은 나무 중에서 하필 왜 저 나뭇가지들을 택해서 집을 지었을까. 우리 집 정원의 종묘 숲에 오륙백 년이 넘은 상수리나무의 수만 가지 중에 까치집을 지은 건 어떤 인연일까.

까치가 지은 집은 신문 한 장의 넓이도 되지 않는 자리다. 사람들이 지은 아파트나 전원주택, 재력가의 주택은 까치집에는 비교할 수 없는 엄청나게 넓은 공간이다.

까치의 집이 어찌 내 눈으로 보는 저 좁디좁은 나뭇가지 공간에만 해당되랴. 드넓은 우주 공간이 다 까치의 정원이 아니겠는가. 사람은 자기 집에 선을 그어놓고 이것이 내 집이라고 한다. 까치는 아예 막을 필요도 없이 정원이 엄청나게 넓은 집이다.

커다란 상수리나무의 줄기는 까치집의 기둥이다. 눈에 보이지 않는 뿌리는 지하 주추다. 오백여 년 이상 된 나무 전체가 까치집인 셈이다. 종묘 숲은 까치의 가장 작은 정원이다. 내가 사는 곳도 까치집의 마당이다. 우주 한 덩어리를 반으로 쪼개서 둘로 만들 수 없는 일이라면 우주 전체가 까치집인 셈이다.

자식을 쓰다가 버리는 장난감이나 물건처럼 아무렇게나 버리는 세태가 어디 그 아기 엄마만의 탓이랴. 물질만능사회가 복잡하게 엇물려 돌아가는 속에서 인간의 두뇌가 차가운 기계화되어가는 현실의 책임은 누구에게 있는 걸까.

내가 없는 네가 있을 수 없다면, 네가 없는 내가 있을 수 있겠는가. 우주에 존재하는 삼라만상 중 어느 것 하나인들 홀로 존재할 수 있으랴. 숨을 쉬는 공기처럼 얽히고설킨 관계 속에 '나' 하나가 존재하는 거라면 모두가 '나'라는 생각을 하지 않을 수 없는 일이다.

　내가 낳은 아이가 나만의 자식이 아니고, 내 몸이 나만의 것이 아닌데도, 인간들은 나와 너를 분리하듯 마구 휘두르는 세태가 참 안타까운 일이다. 태어나서 죽을 때까지 배우면서 사는 것이라고 하는 걸 쉽게 인정하면서도 무엇을 어떻게 배워야하는지는 인식을 못해서일까.

　나 자신도 세상에 와서 엄청나게 많은 시간들을 소비했는데도 아직 무엇을, 어떻게 배워야 하는지도 모르고 미망에 허덕이고 있다는 걸 되새겨보니 참 딱한 사람이기는 마찬가지가 아닌가.

'그냥' 살아가기

땅을 한참 동안 들여다본다. 땅이 아니라 흙이었다. 길가에 버려진 나무탁자를 한참 들여다본다. 탁자가 아니라 개미가 물고 가다가 돌 틈새에 끼었던 씨앗이었다.

전봇대를 한참동안 바라본다. 전봇대가 아니라 바위가 세월을 잡아먹고 탄생한 모래와 시멘트와 물이었다. 발자국의 작은 웅덩이에 엷은 물유리가 반짝이고 있다. 물이 아니라 구름이었다.

하늘을 쳐다보니 파란 하늘바다에 하현달이 둥둥 떠서 흘러가고 있다. 하현달이 아니라 파란 쟁반에 사과 조각을 썰어서 담아놓았다. 별들이 촘촘히 박혀 있다. 별들이 아니라 평온의 은가루를 뿌려 놓았다.

구불텅구불텅 펼쳐진 인생길에 곰팡이가 서린 절망과 슬픔이 보인다. 절망이 아니라 희망재료들로 만든, 아직 여물지 않은 행복과 일들이 주렁주렁 열려 있었다.

흔하게 찾아오는 실패를 요모조모 돌려가며 들여다본다. 실패가 아니라 성공의 콩나물들이 싹트는 소리가 수런거리고 있다.

집안 청소를 깨끗하게 끝낸다. 집안이 깨끗해진 게 아니라 내 마음 속의 땟물이 깨끗이 씻어졌다. 음악을 듣는다. 음악이 들리는 게 아니라 내 마음이 음악을 연주하고 있다.

미움에게 승리할 수 없어 한참 동안 쓰다듬어 주려고 애쓴다. 미움이 아니었다. 물 한잔에 사랑우유 한 방울을 떨어트려 하얗게 변질하여가고 있다. 고통과 있는 힘을 다해 싸워본다. 고통이 아니라 행복의 씨앗이 움트고 있다.

너를 한참 동안 유심히 바라보고 있다. 네가 아니라 나였다. 내가 어디에 숨어있는지 한참 동안 찾아보았다. 내가 내 안에 있는 게 아니라 네 안에 있었다. 내가 누구인지를 한참동안 수인사를 나누어본다. 내가 아니라 바로 마음이었다. 마음을 한참 동안 들여다본다. 마음이 있는 게 아니라 무(無)이며 공(空)이었다.

나의 정체성을 따져본다. 나는 내가 아니라 삼라만상이고 우주 전체였다. 내가 없어진다면 무엇이 없어질까를 생각해 본다. 내가 없어지는 것이 아니라 우주와 삼라만상 모두가 함께 없어지는 것이었다. 없는 것에 휘둘리지 말고, 있는 것에 집착하지 말자고 다짐해 본다. 집착이 아니라 황폐함을 빼앗아가고 자유의 씨앗을 심는 것이었었다.

사랑한다고 이미 말해버렸다면, 진정한 사랑을 하지 못하는 서투른 사람이란다. 참다운 삶을 산다고 말해버렸다면, 진정으로 보람된 삶을 사는 게 아니란다. 매일매일 살아간다는 것은 거짓을 만들어내는 작업일 뿐이란다. 살지 않아야만 거짓의 굴레를 탈출할 수 있단다. 오직 살지 않으려고 애쓸 때만이 참답게 목숨을 이어갈 수 있는 것이란다. 잘 살려고, 잘 사랑하려고, 보다 행복하려고, 좀 더 나아지려고 애쓸 필요가 없단다. 인생은 그냥 자연스럽게 사는 것이란다. '도'를 '도'라고 하면 이미 '도가 아니란 말이 절실하게 다가온다.

'너는 어떻게 살고 싶니?' 내게 물어본다. '그냥 사는 게 제일 좋은데 그게 잘 안 돼.' 라고 메마른 대답만 들릴 뿐이다.

나의 기도

작은 돌멩이 하나가 우주다. 작은 말 한마디, 작디작은 행위 하나를 보고 좋아서 결혼한다. 눈이 시원스럽고 서글서글하게 생겨서 같이 사업을 했다. 짧은 말 한마디에 감동되어 의기투합으로 사업을 번창시켰다. 초면에 사람을 만나면 극히 짧은 순간에 이미지가 각인되어 평생을 좌우하기도 한다.

이름도 모르는 작은 풀잎에 맺힌 영롱한 이슬방울을 보고 감동하여 명시가 탄생한다. 티끌 하나를 보는 순간에 우주를 관하는 눈이 떠지기도 한다.

산에 오르는 순간 작은 모래알같이 반짝이는 작디작은 차돌 하나가 나를 깨닫게 하는 감전이 일어날 때가 있다. 연약한 연둣빛 새움이 인생을 깨달을만한 감동으로 내게 다가온다. 길바닥에 박혀 있는 돌멩이 하나 밟고 올라가면서 깨달음의 동기가 싹튼다.

부처님, 천주님, 하느님, 산신님, 천지신명에게 기도드리는 것만이 옳은 게 아니다. 작디작은 돌멩이나 연약한 풀잎 한 떨기에서 기도의 힘을 느끼게 해준다.

돌이 부처님이고 신이고 하느님일 때가 있다. 썩지 않고 벌레가 파먹지도 못하는 돌이다. 밟고 밟아도 지순한 생명력을 지키는 길바닥에 박혀 있는 돌 하나가 경전이나 설법을 듣는 것보다 더 내 영혼을 깨운다.

산에 있는 모든 자연을 관조하는 그 자체가 나의 기도다. 빨리 썩으려고 몸부림치는 낙엽이 나의 인생의 지침이고 기도다. 죽어야만 남을 살릴 수 있는 낙엽이 나의 영혼을 깨우는 중이다. 산소를 만드는 일을 할 때는 공중에 매달려 있었지만 이젠 땅바닥에 누워서 자신을 썩게 하려고 애쓰고 있는 걸 보는 게 나의 영혼을 깨우는 기도다.

사찰이나 성당, 교회에 경건하게 앉아서 기도하는 것만이 기도가 아니라 돌 하나, 등산길에서 손에 기름때 묻도록 등산객을 붙잡아주는 나무 한 그루가 내겐 기도의 힘이다. 수십 년이 넘도록 길바닥에 살점을 드러내서 등산객의 발 디딤 역할을 하는 나무뿌리를 제대로 보고 깨닫는 게 나의 기도의 힘이다.

오르던 길 잠깐 멈추고 앉아 땀 닦으며 산천경개를 바라보는 등산객의 소파가 되어주는 너럭바위를 제대로 보면서 영혼의 잠이 깨는 게 나의 참 기도다. 모든 걸 보는 순간 마음속 깊은 곳에서 순수하게 분출하는 게 내 기도다.

소원을 꼭 이루어주소서. 무엇과 무엇을 내게 꼭 주십시오. 사업이 잘 되게 해주소서. 돈을 많이 벌게 해주소서. 건강을 주십시오. 이런 것들만이 기도가 아니다. 기도는 그냥 침묵 속에 들어있다. 산천에 있는 모든 사물들 속에 나의 기도가 듬뿍듬뿍 담겨있

다. 명확히 보는 것과 그들과 참다운 대화를 하는 것이 나의 진실
한 기도다.

"선생님은 무슨 소원이 많아서 매주 산에 기도를 다니십니까?"

내게 이렇게 말하는 이도 있다.

참 기도를 하러 다니는 나를 건성으로 보고 건성으로 말을 하는
이가 오늘 따라 눈앞에 선히 떠오른다. 산에 와서 내 시야에 들어
오는 모든 것을 명확히 관조하는 것이 나의 기도라 오늘 따라 열심
히 기도를 한다.

남편과 아내

“선생님은 화를 생전 안 낼 것 같은데요.”

“난 집에선 화를 정말 잘 내는 사람입니다.”

“선생님은 부인하고도 생전 안 싸울 것 같습니다.”

“아니요, 부딪치기만 하면 자주자주 싸웁니다.”

“부인을 사랑하지 않습니까?”

“사랑하지 않습니다.”

“뭐요?”

이렇게 대화가 진행되다 보니 참 어이가 없는 일이 아닌가 싶은 생각이 든다.

나는 아내를 사랑하지 않는다. 아내는 사랑하는 것이 아니다. 물을 사랑한다고 말하는 사람은 없을 것이다. 돈을 너무 많이 사랑하면 패가망신할 수도 있는 위험이 따르는 법이다. 명예도 지나치게 사랑했다간 위험한 일이다. 권력도 너무 사랑하면 안 되는 일이다. 친구도 허물없이 지나치게 사랑하다 보면 실망이 따르기 마련이다.

같이 사는 아내는 원래가 사랑하는 것이 아니다. 아내는 사랑을 모르고 사는 것이 더 행복한데 사랑하는 줄을 알면 불만이 따르고 잘 다투게 된다.

나에게 아내는 사랑의 대상물 이상이다. 내게 아내는 공기다. 공기가 없으면 한순간도 살 수가 없기에 아내가 공기다. 나도 아내에게 사랑보다 공기가 되고 싶을 뿐이다. 느끼지도 못하고 있는 줄도 모르면서 늘 같이 있는 공기는 한계가 있는 사랑으로는 표현할 수 없는 존재다. 있으면 고마움도 모르고, 없으면 죽을 지경이 되는 게 또한 공기가 아니던가. 숨을 못 쉬고 죽을 지경이 되어서야 알아차리는 게 공기이기 때문에 사랑 이상의 존재가 아니던가. 정말 소중한 공기는 귀중한 줄 느끼면 그 고마움이 감소되어 버리는 것이다.

공기는 아내다. 아내는 공기다. 세상 모든 사물이 아내다. 세상 모든 사물이 공기다. 자연으로 만들어졌던 인공으로 만든 것이든 모든 사물은 공기처럼 소중한 것이다. 아내를 사랑한다고 자랑하는 것은 아내를 진짜로 사랑할 줄 모르는 사람의 소리다. 지나치게 사랑하는 것은 상대를 괴롭히는 일이 될 수 있는 법이다. 애완용 동물을 너무 사랑하면 괴롭히는 일이 될 수 있다. 참사랑은 언제나 그냥 가만히 보고 있는 것이다.

아내를 사랑하지 않는다는 소리에 놀라는 그는 정말 남편을 사랑하는 이일까. 아내를 사랑치 않는다는 소리에 정신이 바짝 드는 그는 진정 남편을, 아내를 사랑하는 사람들일까. 있는 듯 없는 듯 언제나 제 자리를 지키고 있는 게 아내이고 공기일 것이다. 아내는 고마운 존재지, 사랑으로 표현할 존재가 아닌 것이라고 생각

된다.

사랑으로 덧씌우지 않고 그냥 아내로 있는 게 더 좋다. 사랑의 대상이 아닌 그냥 남편으로 있는 게 더 좋다. 상대적인 사랑보다 그냥 있는 사랑이 더 좋다. 공기 같은 아내와 남편이 된다면 더없이 좋으리라.

인간의 순도를 측정하는 기계

    참새가 길바닥에 내려 앉아 먹이를 쪼아 먹을 때는 대개 혼자가 아니다. 비둘기나 까치와 우연히 만나거나 마주칠 때는 있어도 그들이 같이 돌아다니지는 않는다. 까치는 혼자일 때도 있고 동료와 같이 내려앉는다. 참새와 비둘기와 함께 돌아다니지는 않는다. 비둘기나 콩새나 뱁새도 같이 어울려 다니질 않는다.

    개미는 개미끼리 다니고, 바퀴벌레는 바퀴벌레끼리 같이 살아간다. 바퀴벌레와 개미가 친구 되어 같이 다니지는 않는다.

    가만히 살펴보면 끼리끼리 다니는 동물들은 나름대로 서로의 언어를 가지고 있다는 생각이 든다. 새들이나 곤충들은 동족끼리는 통하는 언어가 있는데 그들이 사람을 보면서 언어가 없는 동물이라고 할지도 모르겠다. 새가 인간이 몰려다니는 걸 보고 말도 못하면서 어떻게 의사전달을 하는지 의문을 가질지 수도 있을 것이다.

    인면수심이란 말이 있다. 사람을 여럿 죽이고도 텔레비전 화면에 고개를 바짝 추켜들고 태연히 보여주는 얼굴을 보면 겉으로만 사람의 모습이란 생각이 든다.

'네놈이 사람이냐?'

우리는 간혹 이런 말을 하거나 듣기도 한다. 사람이 아닌 사람은, 사람 아닌 사람끼리 말이 통한다. 사람 아닌 사람도 있고, 조금 사람인 사람도 있다. 전혀 사람이 아닌 사람도 간혹 있다.

누구에겐가 배신당하거나 감쪽같은 속임수에 빠지기도 한다. 사람도 가짜 상품을 골라내듯 진짜와 가짜를 골라내는 정밀기계가 있었으면 얼마나 좋을까 싶다.

세상엔 100% 순도(純度)를 지닌 사람이 있을까. 20~30% 순도를 지닌 사람도 있을 것이고, 90% 순도를 지닌 사람도 있을 것이다. 정밀기계가 아니면 사람으로서는 진짜 사람을 골라내기란 힘든 일이다. 기계가 아니면 측정하는 사람의 농도에 따라서 좌우할 수밖에 없기에 힘든 일이다.

같은 사건을 가지고 1심에선 중형을 선고받고, 2심에선 무죄로 판결될 때도 있다. 3심에 가서 또 사형처럼 무서운 형벌을 씌우기도 하는 것이 재판 과정이다. 이론으론 나무랄 데가 없는 게 법의 이론이다. 구체적인 타당성과 법률안전성을 고려하여 여러 가지 판단이 나올 수 있겠지만 당사자들은 정말 억울한 형벌을 받을 수도 있는 맹점이 많은 것이 또한 재판제도이기도 하다. 돈이나 권력이 개입되는 것이야 사람이 아닌 사람들이 하는 짓거리라고 치부해버릴 수도 있지만 재판을 받아야 하는 당사자에겐 정밀한 기계가 있었으면 참 좋겠다는 생각이 들 수 있을 것이다. 더욱이 돈도 뒷줄도 없이 힘없는 사람에게서야 오죽하랴.

1백 프로 순도를 가려낼 수 있는 정밀기계가 하루 속히 개발된다면 세상이 조금 나아질 수 있을지 모르겠다. 국회의원도, 권력을 지닌 사람도, 고위층 공무원도, 턱없이 많은 재물을 독차지한 재산가도 척척 감정해내는 정밀기계를 만들어냈으면 좋겠다.

18금인지, 24금인지 그 순도를 측정해내는 기계처럼 인간의 순도를 재는 기계가 하루 속히 만들어졌으면 좋겠다. 가짜 인간인지 진짜 인간인지를 척척 데이터를 뽑아주는 그런 기계 말이다.

사람이 살고 있는 곳엔 하도 사람이 아닌 사람이 날뛰고 있어서 이런 허황된 상상을 해본다.

어머니란

　내 앞에 컵이 있습니다. 금세 어머니로 변해버립니다. 생수가 가득 담긴 컵은 빙긋이 웃습니다. 뜨거운 물 차가운 물, 더러운 물 깨끗한 물 가리지 않고 받아들입니다. 컵은 어머니의 가슴이랍니다. 목말라하는 사랑하는 사람에게 물을 주려고 하면 아무런 저항 없이 받아들입니다. 사랑하는 사람을 죽이려고 독약을 타도 아무런 반항도 하지 않고 받아들입니다. 누구에게나 늘 군담 않고 나서는 어머니의 따뜻한 마음이랍니다. 좋은 것, 싫은 것 가릴 줄 모르는 어머니의 큰마음입니다.

　잠시 쉬고 있는 승용차가 있습니다. 금세 어머니로 변합니다. 텅 비어있는 차 안은 언제나 들어갈 수 있는 자리를 내줍니다. 궂은 길, 좋은 길, 비가 오나, 눈이 오나 가고 싶은 곳 군담 없이 데려다 줍니다. 승용차는 어머니의 가슴이랍니다. 기진맥진해 있어도 편안하게 데려다 주는 어머니의 참 마음입니다. 나쁜 일을 하러 가거나 좋은 일을 하러 가도 아무런 반항도 하지 않고 가 줍니다. 누구에게나 언제나 군담 않고 나서는 어머니의 포근한 마음이랍니다. 좋은 데, 나쁜 데, 싫은 데, 가리지 않고 응해주는 어머니의 큰마음이랍니다.

종일토록 60킬로그램이 넘는 짐을 싣고 다닌 신발이 가지런히 앉아서 쉬고 있습니다. 금세 어머니로 변합니다. 언제나 비어놓고서 기다려 주는 어머니입니다. 험한 길, 더러운 길, 다 마다 않고 불평 없이 데려다 줍니다. 신발은 어머니의 가슴이랍니다. 추울 때나 더울 때나 한결같이 포근하게 맞이해주는 진솔한 어머니 마음입니다. 나쁜 짓을 하러 가거나 착한 일을 하러 가거나 가리지 않고 먼저 나섭니다. 누구에게나 아무런 군담 않고 데려다 주는 어머니의 넓은 마음이랍니다. 좋은 곳, 나쁜 곳, 가기 싫은 곳, 가리지 않는 어머니의 큰마음이랍니다.

삼라만상 나와 관계없이 있는 건 하나도 없습니다. 모두가 금세 어머니로 변합니다. 모든 사물들은 언제나 나를 기다리고 있습니다. 어려운 일, 쉬운 일, 가리지 않고 도와줍니다. 사물들은 어머니의 가슴이랍니다. 언제 어디서나 변함없이 맞이해주는 순수한 어머니의 큰마음입니다. 나쁜 데 이용하거나, 좋은 데 사용하거나를 가리지 않고 일을 도와줍니다. 누구에게나 무슨 일이나 가리지 않고 일이 쉽게 끝나게 도와주는 너그러운 마음입니다. 싫다 좋다 가릴 줄 모르고 넓은 아량 지닌 어머니의 바다 마음이랍니다.

어머니는 저승에 계신 게 아닙니다. 내 곁에 늘 나와 함께 살아 계십니다. 삼라만상 어머니로 보면 분명히 어머니가 됩니다. 삼라만상 똥으로 보면 똥이 됩니다. 사랑으로 보면 사랑입니다. 삼라만상은 내 심안에 존재합니다. 나는 삼라만상을 어머니로 모시며 살고 싶습니다. 삼라만상이 지금 내게 웃음을 보내고 있습니다.

돼지 잡는 박 서방 이야기

나는 어렸을 때는 유독 이야기 듣기를 좋아했던 것 같다. 이따금씩 뇌 창고에 저장되어 있는 아득한 이야기들이 떠오를 때가 종종 있다.

동네에서 짐승 잡을 일만 생기면 불려가는 사람이 있었다. 개나 돼지 소, 고양이 쥐고 무슨 동물이고 잘 때려잡는다고 백정이라고도 불렀다. 쥐나 고양이 잡는 것은 실제로 본 적이 없지만 하도 짐승을 잘 때려잡으니 사람들은 그를 그렇게 불렀다.

설이 돌아왔다. 부잣집 마님이 동네 돼지 잡는 박 서방을 먼저 불렀다. 돼지 멱따는 소리가 한바탕 소람을 피워댔다. 한 식경쯤 지나서야 곳간에 돼지가 거꾸로 매달리게 되었다. 박 서방은 부산물이나 조금 챙기려고 돼지가 걸린 곳간으로 들어가서 돼지 살코기를 한참을 쳐다보고 망설이고 서 있었다. 주인마님 몰래 옆구리 살을 두어 점 잘라냈다. 돌아서니 주인마님이 뒤에 오도카니 서서 보고 있었다. 깜짝 놀라서 어쩔 줄을 모르고 고개를 들지 못했다. 무안

함에 몸 둘 바를 몰랐다. 주인마님은 고기가 걸려 있는 안으로 성큼 들어서며 박 서방을 향해 말했다.

"문을 꼭 닫고 이리 들어오게."

"쇤네가 죽을죄를 지었습니다요."

박 서방은 치도곤을 당할 것이 두려워 벌벌 떨고만 서 있었다.

"박 서방, 이리 가까이 좀 와보게."

주인마님은 걸려 있는 돼지의 살찐 뒷다리부분을 손가락으로 금을 그었다.

"이만큼 뚝 잘라내게."

박 서방은 고개를 들지 못하고 벌벌 떨고 있었다.

"마님, 쇤네가 죽을죄를 지었습니다요. 한 번만 용서해 주십쇼."

박 서방은 손을 싹싹 비비면서 어쩔 줄을 모르고 얼굴을 붉히며 안절부절못했다.

"이 사람이! 어여 자르게. 섣달그믐도 되었는데 아이들은 많고 집에 먹을 거나 있겠나. 이거 가져가서 푹 삶아서 아이들 한 끼라도 먹이게."

이런 말을 남기고는 뒤도 돌아보지 않고 나가는 주인마님의 뒤를 멍하게 바라보는 박 서방의 두 눈엔 어느새 안개가 서려왔다. 닭똥 같은 눈물을 뚝뚝 떨어뜨리고 서 있었다. 음으로 양으로 아랫사람을 소리 안 나게 아끼던 선조들의 부자 마음이 이랬다.

마님의 아들은 돌아가신 부자 마님의 그런 모습을 보고 자랐지만 그 참뜻을 제대로 몰랐다. 그 아들이 어머니의 나이가 되어서야 어머님의 마음을 깨달음이 너무 부끄러워하며 자기 아들에게 할머니에 대한 이야기를 전해주었다.

시대가 많이 변한 요즘에도 기업을 하는 사람들이 아랫사람들에게 이렇게 베푸는 회장님이 몇이나 될까. 대재벌의 회장님들도 언젠가는 이 세상에 재물을 다 두고 훌쩍 떠날 것이다. 부잣집 마님의 돼지고기 한 점만큼의 정을 베풀 수만 있어도 후인들이 성공한 이라고 칭송을 아끼지 않을 텐데 말이다.

부로 측정하려는 가치관이 난무한 세상이다. 어렸을 때 들었던 이야기 한 토막이 오늘따라 자꾸 떠오르는 건 왜일까. 먼지가 묻은 이야기지만 피곤한 오늘 하루, 허리를 펴고 하늘을 쳐다보며 잠시 담배 한 대 피우는 것처럼 한 번쯤 되새겨 보라는 의미인지도 모르겠다.

눈물 아르바이트생

‘남원 추어’, ‘대구 사과’, ‘청량 고추’ 등등의 지역 특성 상품이 많다. 남원 추어는 중국 양식 추어를 수입해서 남원 추어 조합에다 납품했다는 뉴스. 중국산 더덕을 사서 강원도 오지의 산자락 밑에서 할머니는 더덕을 펴 놓고 팔기도 한단다.

‘도대체가 믿을 놈 하나 없는 세상이다!’

군담 하는 노파의 말이 떠오른다. 커다란 빌딩에 개미처럼 우글대는 사람을 보니 점심시간인 모양이다. 삼삼오오 식당골목으로 몰려간다. 나는 정독 도서관으로 가며 어떤 식당 앞에서 화가 몹시 난 식당주인의 고함소리에 걸음을 멈추고 있다.

“조심하라고 했잖아. 먼지 묻은 이걸로 어떻게 손님의 상에 내놓을 음식을 만든단 말이냐.”

주눅이 들어서 눈물이 글썽글썽한 청년은 손톱만 만지작거리고 있다. 잘못했다는 말 한 마디도 내뱉지 못하고 혼쭐이 나고 있는 중이다. 식사하러 가던 사람들은 겹겹이 서서 구경하다가 혀를 끌

끝 차면서 아르바이트 청년에게 동정심을 보내고 있다.

식당 앞에 놓인 두부와 콩나물을 담은 판에 먼지가 부스스 묻어 있다. 주인은 더 이상 볼 것도 없다는 듯 무지막지한 성격을 보이며 두부와 콩나물을 몽땅 비닐봉지에다 담아 쓰레기통에다 후딱 넣어 버리고 씩씩거리며 아르바이트생을 노려보았다.

"사장님, 먼지 묻은 쪽만 떼어버리고 쓰시지. 아르바이트생이 불쌍하지 않아요?"

"손님은 왕이라고 했지만 너무하지 않습니까?"

"위생을 지키는 입장에서는 좋은 일입니다만 너무합니다."

"우리 다른 데로 가지 말고 이 집으로 들어가세."

주인의 철저한 위생관리가 마음에 든다며 다른 식당으로 가려던 사람들까지 몰려들었다.

"아저씨, 저 가야겠습니다. 시간이 다 되어서요."

주인은 혼냈던 청년을 주방으로 데리고 간다. 은밀한 이야기를 나누더니 만 원짜리 지폐 2장을 아르바이트생에게 쥐어주면서 의미심장한 미소를 교환한다. 오늘도 성공했다는 듯 두 사람의 눈이 마주치며 만족한 웃음을 흘리고 있다. 하루에 한 번씩 혼이 나는 일로 아르바이트가 끝나는 청년이다. 상황에 따라 여러 가지 연출을 하면서 매일 한 번씩 눈물이 쑥 빠질 정도로 혼만 나면 그것으로 하루의 아르바이트는 끝나는 셈이다. 식당에 가득 찬 손님들이야 이렇게 철저한 연출을 알 턱이 없다.

대부분 겉으로 보이는 것이 실체인 줄 속단한다. 보이지 않는 데서 일어나는 일이 더 많은 게 우리 사회다. 이런 유사한 일들이 우리 주위엔 너무 많이 일어나고 있을 게다. 곰탕 국물에다 커피에 타는 프리마를 타는 경우도 있단다. 눈속임을 행하는 자는 속는 사람을 위해 눈물 나게 연구를 한다.

어쩌면 인간이 남을 속이기 위해서 태어난 것 같다는 착각이 들 때도 있다. 미운 얼굴을 더 예쁘게 화장, 변장까지 해대는 요즘이 아닌가. 생긴 그대로 사는 이가 얼마나 될까.

식당 앞을 지나며 거짓과 진실이 싸우는 속에 섞인 인간이 참 안 됐다는 생각까지 든다. 나도 예외는 아닐 거라는 생각을 하니 옷 속에 벌레를 담고 걷는 느낌이 들어 기분이 스멀스멀하다. 나도 지금까지 살아오면서 알게 모르게 많이 속고 속여 왔을 거란 생각이 든다.

어쩌면 지상에 살아가는 우리 모두가 눈물 아르바이트생이나 식당주인이 아닐는지!

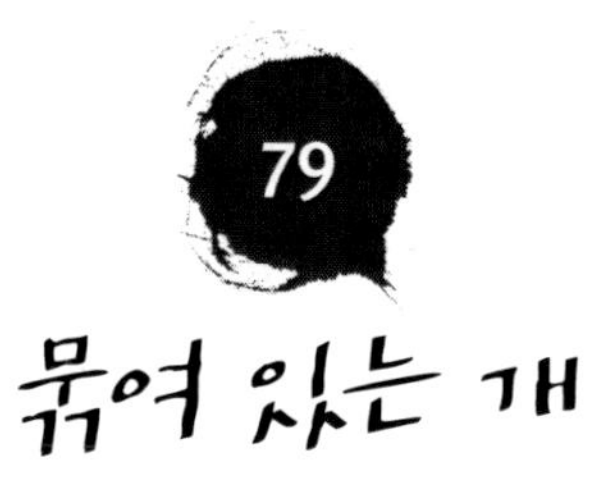

묶여 있는 개

가게 앞에 늘 묶여 있는 개가 있다. 돌아다닐 수 있는 반경은 기껏 3미터 이내다. 먹이를 주면 먹고, 잠이 오면 그 자리에서 고개를 파묻고 잔다.

지구덩어리는 빠른 비행기로도 많은 시간이 걸리는데 강아지의 지구는 겨우 3미터 이내다. 사람이 달나라를 바라보는 것이나 하늘의 태양이나 별을 쳐다보는 것처럼 개에겐 지구가 요원한 거리다. 어쩌다가 팔자를 저렇게 타고났는지. '개 팔자 상팔자'라 말했다간 당장 물어뜯길 판이다.

가게에서 우유 한 잔을 사가지고 개 곁에 쪼그려 앉는다. 과자조각을 주니 경계를 하면서도 받아먹는다. 한참 앉아있으니 경계심을 푸는 눈으로 쳐다본다.

'어쩌다가 네 신세가 이렇게 됐니? 이렇게 묶여서 평생을 마치려고 세상에 태어났니?'

침묵언어로 개에게 말을 걸어본다. 대답 없이 무심코 쪼그려 앉아 있는 개가 도인 같다.

　물건을 파는 아주머니도 개와 비슷하게 하루 종일 가게에 묶여서 지낸다. 개나 개 주인이나 묶여있기는 마찬가지다. 가게에 묶이거나 쇠줄에 묶이거나 똑같은 처지다. 아주머니는 가게가 끝나면 개를 몰고 집으로 들어갈 것이다. 집에 가면 개보다 더 많은 줄에 묶일 것이다. 아이들에게, 남편에게 묶여서 자기 맘대로 할 수 없기는 저 개와 다를 바 없으리라.

　누구나 세상에 태어난 이후로 일정한 제한 공간 안에 묶여 살게 된다. 부모에게 묶이고 유치원에 묶이고, 학교에 묶인다. 살아가는 절차나 예의나 인간이 지켜야 할 것들에게 꽁꽁 묶이게 된다. 자신의 줄에 스스로 묶이기도 한다. 키가 작아서 따지도 못할 높은 나무의 잘 익은 열매를 따려고 발돋움하면서 그것에 묶여버리는 격이다. 허영의 줄에 꽁꽁 묶인다. 재물에 꽁꽁 묶여버리기도 한다.

　인간은 외부의 힘이 와서 묶는 게 아니고 대부분 자신을 스스로 묶는 경우가 정말 많다. 사랑에 꽁꽁 묶여서 꼼짝 못하는 사람도 있다. 자기 자신이 묶어서 만든 결과다. 돈에 묶이는 이도 많다. 권력에 묶이기도 한다. 철창 속에 몸이 묶여 있는 이도 따져보면 스스로가 묶은 결과가 더 많다. 개는 하나의 줄에 묶여서 가게 앞에 있지만 사람은 셀 수 없이 많은 줄에 묶여서 산다.

　'너는 차라리 이 한 줄에 묶여 있지만 난 너무 많은 줄에 묶여 있단다. 너는 나보다 자유가 많구나. 나는 가족에게 묶이고, 체면에 묶이고, 이것저것에 묶여서 도저히 풀어낼 수가 없구나. 너는 정말 자유의 몸이다. 그냥 묶인 채로 자유의 몸이구나. 묶여 있지만 사람처럼 스스로를 묶지 않는 현명한 존재구나. 개님, 정말 당신에게

배울 점이 많네요!'

남은 과자를 혼자만 먹을 수가 없어 개님과 나누어 먹는다.

'어리석은 인간들아, 뭘 그리 바쁘게 뛰어다니니? 니들이 아무리 뛰어다녀봐야 묶여 있는 줄을 끊을 수가 없을 것이로다! 나처럼 한 줄에 묶이면 홀가분하지나 하지.'

눈을 지그시 감으려다 다시 뜨고 나를 노려보는 개가 이렇게 말을 한다. 질책하는 개의 소리가 자꾸 내 맘속으로 파고든다. 툭하면 '개만도 못한 놈!' 이런 말 이젠 하지 말아야 하리.

돌아보고 또 돌아보면서 묶여 있는 개를 뒤로 하고 내딛는 발걸음이 무겁기만 하다. 너무 많은 줄들에 묶여 있는 내 신세를 어쩌겠는가.

천사와 악마

살다보면 간혹 기적 같은 마술사가 느닷없이 찾아와서 잠든 마음에 감전된 것처럼 반짝 깨울 때가 있다. 이때 찾아온 마술사는 대개 두 가지 얼굴인데, 성공의 기회를 제공하는 마술사와 악마의 심술을 부리는 마술사다.

봄 가뭄이 심해서 종묘 담장 밑에 말라가는 영산홍이 안타깝다. 지난 초겨울에 심어 모진 추위도 이겨내고 새순을 밀어내는 게 정말 신기했었는데, 성엽(盛葉)이 되기도 전에 말라가는 게 안쓰러웠는데 나무를 살려내는 마술사가 새벽어둠을 뚫고 찾아들고 있다.

우산 위에서 투둑거리는 반주가 발걸음을 더욱 가볍게 한다. 동식물을 살려주는 천사의 마술사인 비다. 우산을 잠시 걷어치우고 저 아래의 허공을 내려다본다. 비는 어찌하여 허공에서 지구를 향해 올라오는 신기를 지니고 있을까. 삼백여 년 전, 뉴턴 할아버지가 만유인력을 발견하지 못했더라면 나는 오늘 새벽 비의 마술사에게 혼이 빼앗겨서 헤어나지 못했을지도 모르겠다. 아무리 눈여겨보아도 만유인력이란 게 보이지도 않는데 뉴턴 할아버지는 어떻게 그런 엄청난 마술사의 비밀을 알아낸 걸까. 물체가 떨어지는 신비함보다는 뉴턴이란 두뇌가 대신해서 신비함을 차지한 것이다.

내가 있는 반대편 쪽 지구에 사는 사람들이 보면 내가 지금 우산을 쓰고 거꾸로 걸어가고 있을 게다. 비는 저 아래서 올라오고 있을 것이고. 물은 낮은 데로 흘러간다는 것도 반대쪽 사람들이 보면 뾰족한 산으로 발발 기어 올라가는 게 보일 거다. 비가 내리는 허공이 머리 위의 높은 곳에서 내린다는 건 고정관념일 뿐, 사실은 밑에서 올라오고 있다는 시각도 맞다.

세상엔 신비함뿐인데 내 눈은 습관적으로 보기에 신비의 실체나 진실을 보지 못한다. 인생길을 걷다가 느닷없이 신비한 마술사가 나타나기도 한다. 인간의 눈이 마술사로 보는 것이겠지만 말이다.

마술사는 천사와 악마의 두 얼굴을 지니고 사람을 고통스럽게도, 기쁘게도 한다. 고통의 마술사 같지만 잘만 사귀면 오히려 천사의 얼굴로 변하기도 한다. 육체적인 불구를 지니고도 엄청난 일을 해낸다거나, 악조건 속에서 대성공을 거두는 사람들은 악마의 마술사를 친하게 사귀어서 천사로 바꾸어 놓은 것이다.

봄비를 맞으면서 나무들이 좋아하듯 악마든 천사든 내게로 닥쳐오면 나무처럼 반갑게 맞이하여 잘 사귀어 보리라. 역경과 고통의 마술사는 무너트리기 위해 오는 것이 아니라 더욱 강한 사람을 만들어주기 위해서 오는 것이다. 잘 사귀기만 하면 악마는 금방 천사로 바뀌는 게 마술의 의미다. 감쪽같이 속이는 게 마술사다. 다가오는 운명의 마술사는 악마도 천사도 아니다. 다만 내 자신이 사귀기에 따라서 악마나 천사의 얼굴로 영접할 뿐이다.

비가 촉촉이 올라오니 정말 기분이 좋다. 새벽부터 천사의 얼굴을 맞이했으니 종일 좋은 마술사만 찾아올 것 같다. 악마의 마술사는 나는 보지 않으련다. 없는 거나 마찬가지다. 내 앞길엔 오직 천사의 마술사만 있을 뿐이다.

비가 오는 산책길이 무척 즐겁다. 비처럼 만물을 소생시키는 천사의 마술사를 만나서 기분이 무척 좋은 아침이다. 비가 오는 새벽에 늦잠을 자지 않고 깨어서 천사의 마술사를 만나러 나온 산책길이 무척 즐겁고 행복하기만 하다.